Hugo Lobeck

Hebamme

Freddie Nietschs sechster Fall

LUPUS

Die Arbeit an einem Roman ist immer ein Eintauchen in eine Fantasiewelt. Dabei ist das Umschalten zwischen Fiktion und Wirklichkeit oftmals eine Herausforderung. Wenn ich unerklärlich mürrisch oder fröhlich durch den Tag laufe und sich alle fragen: Was hat er nur? Was ist los mit ihm? Dann habe ich ich es womöglich nicht geschafft, von dem einen auf den anderen Modus umzuschalten, und befinde mich noch immer unterwegs mit Freddie auf der Suche nach der Lösung seines Falls.
Dieses Mal steckte ich zeitweilig so tief in der Geschichte, dass ich mich auf kaum etwas anderes konzentrieren konnte. Das war eine intensive, spannende und manchmal etwas unheimliche Erfahrung. Jetzt allerdings ist es schön, fertig zu sein, mit dem Aufräumen in meinem Kopf zu beginnen und endlich euch an meinen und Freddies Erfahrungen teilhaben zu lassen. Ich hoffe, ihr bleibt uns treu.
Mein Dank gilt wieder meinen Freunden und besonders meiner Frau, die mich sehr unterstützt haben. Louise, Majanne, Regina, Susanne, Karl, Martin und Uli haben die Geschichte vorab gelesen und mit ihren Anmerkungen dazu beigetragen, sie abzurunden.

Dieses Buch widme ich meinem alten Freund Frank, der kurz vor Weihnachten dem Krebs zum Opfer gefallen und gestorben ist. Er hat sein Leben lang mit seinen heilenden Händen anderen geholfen und Todkranke beim Sterben begleitet. Wie unfair, dass es gerade ihn so früh getroffen hat. Ich werde unsere gemeinsam verbrachte Zeit nie vergessen.

1

Sie hatte gegen Mitternacht angerufen und deshalb weder mich noch meine Mitarbeiterin Limo erreicht, und so musste ich mich mit den kargen Informationen begnügen, die sie auf meiner Mailbox hinterlassen hatte. Schon seit Ewigkeiten hatte ich nichts mehr von Kim Wozniak gehört und nicht damit gerechnet, dass sie den Kontakt jemals wieder aufnehmen würde. Genau genommen hatte ich sie vergessen, und das war mir damals gar nicht leichtgefallen. Ich kannte sie aus ganz früher Jugend, aus der Zeit, bevor ich mit meiner langjährigen Freundin Heike zusammen war. Wir hatten uns in der Disco kennengelernt, und sie hatte mich mit nach Hause genommen. Das war deshalb pikant, weil sie als Schwesternschülerin im Schwesternheim der Uniklinik wohnte, wo seinerzeit Herrenbesuch nach 22 Uhr noch verboten war. Sie hatte mich am Pförtner vorbei in ihr Zimmer geschmuggelt, wo wir uns für den Rest der Nacht in alterstypisch heftiger Bettgymnastik übten, die durch die Furcht vor Entdeckung noch aufregender wurde. In entscheidenden Momenten hielten wir uns gegenseitig den Mund zu, um nicht zu laut zu werden. Als sie am Morgen zur Frühschicht ging, ließ sie mich zum Ausschlafen in ihrem Zimmer zurück. Ich konnte das Haus dann erst nach ihrem Feierabend am Nachmittag zusammen mit ihr verlassen. Aus diesem skurrilen Start entwickelte sich eine Beziehung, die etwa drei Monate hielt. Ich war verliebt, und wir schmiedeten Pläne zusammenzuziehen, bis zu dem Tag, als mein bestes Stück anfing, beim Wasserlassen zu brennen. Ich ging zum Hautarzt und erfuhr, dass in meinem Körper „die Gonokokken rocken“. Ich hatte mir einen Tripper eingefangen – und das, obwohl ich Kim vollkommen treu gewesen war. Zur Rede gestellt beichtete sie mir einen Seitensprung. Unter Tränen beteuerte sie, es niemals wieder zu tun, es sei nur ein einziges Mal passiert und so weiter. Enttäuscht, eifersüchtig und wütend trennte ich mich auf der Stelle von ihr. Seither habe ich sie aus den Augen verloren, denn kein Graben ist tiefer als der zwischen enttäuschten, ehemaligen Partnern. Das war bis zu diesem Tag so, oder besser gesagt, bis zum Vortag, denn am späten Vorabend hatte sie angerufen und erst am Morgen habe ich ihre Nachricht abgehört. „Hallo Freddie", hatte sie gesagt, „hier ist Kim, bitte rufe mich an, sobald du das hörst. Auch wenn es mitten in der Nacht ist. Ich stecke in großen Schwierigkeiten. Ich weiß, wir haben schon lange nichts mehr miteinander zu tun und du erinnerst dich gewiss nicht gerne an mich, aber ich kenne niemanden sonst, der mir helfen könnte." Sie nannte ihre Mobilnummer und Adresse. Das war alles. Trotz der langen Zeit, die inzwischen vergangen war, erkannte ich auf Anhieb ihre Stimme. Sie klang merkwürdig vertraut, wie ich es schon manches Mal bei Stimmen aus der Vergangenheit empfunden hatte.

Kim hörte sich verzweifelt an, als stünde sie unter starkem Druck. Nach einem Moment des Zögerns, in dem ich abwog, ob es mehr Gründe für oder gegen einen Rückruf gab, wählte ich ihre Nummer. Es wäre wohl albern, ihr nach so langer Zeit wegen eines Fehltritts und eines Trippers noch böse zu sein.

Am anderen Ende sprang ihre Mailbox an und forderte mich auf, nach dem Piepton eine Nachricht zu hinterlassen. Das tat ich dann auch … und eine halbe Stunde später noch mal … und dann wieder … und wieder.

Inzwischen hatte ich Limo beauftragt, mehr über meine ehemalige Freundin herauszufinden. Da Kim recht großzügig mit ihren Daten umging, musste meine Mitarbeiterin nicht einmal ihre hervorragend trainierten, digitalen

Muskeln spielen lassen, sondern es reichte eine schnelle Recherche bei Facebook, um ihren Arbeitgeber zu ermitteln. Kim Wozniak war inzwischen Hebamme oder „Geburtshelferin“, wie es heute korrekt bezeichnet heißt, und arbeitete in einer privaten Klinik für Gynäkologie und Geburtshilfe an der Elbchaussee in Blankenese: Dr. Clemens Clemens & Dr. Antje Wildmüller. Limo versuchte, sie dort zu erreichen, bekam jedoch nur die Auskunft, dass Frau Wozniak nicht im Hause sei.

Mein Gefühl sagte mir, dass etwas nicht stimmte. Sie hatte zutiefst verzweifelt geklungen, so ängstlich, dass ich sie notfalls auch in der Nacht zurückrufen sollte. Wer dermaßen unter Druck auf einen Rückruf wartet, lässt sein Telefon nicht aus den Augen. Also entschloss ich mich hinzufahren. Während Limo in unserem Büro, der Quaestoria, die Stellung hielt, setzte ich mich in mein Bötchen, meinen knallroten Fiat Barchetta, und startete in Richtung Westen. Die Adresse, die Kim mir genannt hatte, befand sich in Wedel. Die Straße namens Galgenberg führte hinunter zur Elbe zum Schulauer Fährhaus, auch bekannt als Willkomm Höft. Dort stand die bei Touristen und Ausflüglern beliebte Schiffsbegrüßungsanlage, an die ich mich noch aus Kindertagen gut erinnerte. Jeder „Pott“, der in den Hafen einlief, wurde mit Nationalhymne und Detailangaben über das Schiff begrüßt. So manchen Sonntagnachmittag hatten wir mit der gesamten Familie bei Kaffee und Kuchen dort verbracht, und ich hatte von fernen Häfen geträumt. Wenn es sich um einen Fehlalarm handelte, konnte ich meine Eltern besuchen, die ganz in der Nähe, in Rissen, wohnten. Das war ohnehin mal wieder fällig, und die Fahrt wäre nicht umsonst gewesen. Es war schon Mitte März, und ich hatte meine Eltern seit Januar nicht mehr gesehen, und das, obwohl wir in derselben Stadt wohnten. Asche auf mein Haupt.

Um diese Uhrzeit, am späten Vormittag, war der Verkehr nicht besonders dicht, sodass ich trotz der Baustelle an der Bahrenfelder Chaussee gut vorankam, zu gut, denn ich wurde auf der Osdorfer Landstraße mit siebzig km/h geblitzt. Die Sache mit Kim fing so nervig an, wie sie vor fünfzehn Jahren geendet hatte.
Etwa eine halbe Stunde später parkte ich meinen Wagen vor ihrem Haus. Sie wohnte im Erdgeschoss eines zweistöckigen Rotklinkerbaus aus den Sechzigerjahren, der vier Wohnungen beherbergte. Nachdem ich mehrmals geläutet hatte, ohne dass eine Reaktion erfolgte, umrundete ich das Haus, um einen Blick durch die Fenster auf der Rückseite zu werfen. Die hölzerne Gartenpforte war unverschlossen. Der schmale, gepflasterte Gartenweg führte durch niedriges, kahles und struppiges Gebüsch vorbei an einem moosbewachsenen Kellerabgang zu einer Terrasse aus Waschbetonplatten, die durch den Balkon der Wohnung im ersten Stock vor Regen und Schnee geschützt wurde. Zwei graue Teakstühle kämpften mit schmutziggrünem Algenbewuchs. Einige Blumenkübel aus Polyester im Toskana-Terrakotta-Design, die um diese Jahreszeit ohne Bepflanzung verloren wirkten, verbreiteten zusätzliche Tristesse. Die Reihe unvermeidlicher Koniferen, wenige Meter entfernt am hinteren Ende des kleinen Gartens, sorgte zwar für ein wenig Grün, aber auch für Friedhofsatmosphäre. Die Terrasse der Nachbarwohnung sah ähnlich trostlos aus. Dort stand ein Klapptisch aus grünem Plastik mit einem von Kippen überquellenden Aschenbecher. Offenbar ging da jemand oft zum Rauchen nach draußen. Garten und Himmel waren märzgrau, der Frühling hielt sich noch im Breisgau auf und war bisher nicht zu uns nach Norddeutschland vorgedrungen. Nur wenn man sehr genau hinschaute, sah man erste winzige, grüne Knospen an den kahlen Zweigen der Büsche. Meine Stimmung

war mittlerweile in der Nähe des Nullpunkts, und ich war kurz davor umzukehren. Ich lugte durch das kleine Küchenfenster, konnte aber nichts Ungewöhnliches erkennen. Dann jedoch schlug mein Herz plötzlich schneller. Ich hatte bemerkt, dass die Terrassentür einen Spalt offen stand, obwohl offensichtlich niemand zu Hause war. Das war nicht so, wie es sein sollte!

Ich versuchte erneut, mich bemerkbar zu machen. „Hallo Kim!" ... „Jemand da?"

Nach mehreren lauten Rufen stieß ich die Tür vorsichtig weiter auf. Im Kontrast zu der lieblosen Terrasse lag dahinter ein freundlich eingerichtetes Wohnzimmer mit warmen Farben, Kiefernholzmöbeln und viel sehr weiblicher Dekoration, etwas verschnörkelt, aber geschmackvoll. Zumindest war der Raum gemütlich eingerichtet gewesen, bevor jemand die hübschen Sachen auseinandergerissen und achtlos überall verstreut hatte. Mein Gott. Es sah ganz so aus, als habe eine Bombe eingeschlagen. Die Wohnung war grob durchsucht und dabei rückichtslos verwüstet worden. Nach einem Moment der Unsicherheit – der oder die Vandalen konnten sich noch im Haus befinden und mich überraschend angreifen – ging ich vorsichtig nach nebenan in die Küche.

Schon von der Tür aus konnte ich sie sehen. Die Frau mit dem kupferroten Haar, die leblos zwischen Herd und Kühlschrank auf dem Boden lag, war vermutlich meine alte Freundin Kim. Offenbar war sie erschlagen worden. Vom Fenster hatte ich sie nicht bemerkt, weil der Küchentisch den Körper verdeckte. Eine große Lache bereits geronnenen Bluts hatte sich auf den weißen Bodenfliesen ausgebreitet. War das die späte Strafe für den Tripper, den sie mir angehängt hatte? Ich hoffte nicht. Aber vielleicht hatte sich jemand gerächt, dem sie noch etwas Bösartigeres verpasst hatte. Aids zum Beispiel.

Augenscheinlich war sie tot, aber ich musste sichergehen, dass ich nichts mehr für sie tun konnte. So wie sie lag, war es mir weder möglich, ihren Puls zu fühlen, noch ihr Gesicht zu erkennen. Ich musste näher herankommen, aber alle Versuche, das von der sicheren Seite aus zu tun, ohne in die Blutlache zu treten, misslangen. Der Raum zwischen Küchentisch und Herd war einfach zu eng. So blieb mir nichts anderes übrig, als aufzugeben oder vorsichtig einen Fuß in die Blutlache zu setzen, um mich dann auf den Herd gestützt vorzubeugen. Natürlich war mir klar, dass es besser wäre, der Leiche nicht nahezukommen, den Tatort unberührt zu lassen und die Polizei zu rufen, aber wie alle Detektive bin ich notorisch neugierig, und so kam es, wie es kommen musste. Kaum war ich mit einem Fuß in die klebrige Lache getreten und hatte mich vorgebeugt, rutschte ich aus und verlor das Gleichgewicht. Verzweifelt versuchte ich noch, mich am Tisch festzuhalten, um dann mit rudernden Armen laut fluchend der Länge nach auf den Boden und auf die tote Frau zu fallen. Dabei drehte sich ihr Kopf, und sie schaute mich aus weit aufgerissenen, erloschenen Augen vorwurfsvoll an. Das hatte mir gerade noch gefehlt. Ohne Zweifel: Es war Kim. Schnell sprang ich auf, nur um auf dem glitschigen Boden sofort wieder auszurutschen und ein zweites Mal in der Lache zu landen, dieses Mal rücklings. Jetzt sah ich aus, als hätte ich nicht nur ein Blutbad, sondern ein Blutvollbad genommen. Mit meiner Kleidung hatte ich einen großen Teil des halb geronnenen Lebenssafts aufgefeudelt. Mir wurde übel. Der Blutgeruch stieg mir aggressiv in die Nase. Als ich an mir herunterschaute, wurde mir noch schlechter. Ich sah aus wie Jack the Ripper nach drei Tagen Schlitzen im Akkord. Hose, Hemd und Jacke waren so blutig wie meine Hände, mit denen ich versucht hatte, mich abzustützen. Ich musste schleunigst aus der Wohnung, bevor ich das von mir angerichtete Chaos weiter vergrößerte und anfing zu kotzen. Würgend lief ich auf die Terrasse, wo ich mich in einen Pflanztopf übergab, um mich anschließend auf einen der Gartenstühle fallen zu lassen und ein paar Mal tief durchzuatmen. Dann wischte ich mir die Hände an meinem Hemd ab, zog mit zitternden Fingern mein Handy aus der Tasche und wählte die Nummer meines alten Freundes Ariano Clepper, Hauptkommissar beim Dezernat für Gewaltverbrechen.

„Es gibt Kundschaft für dich." Mit Mühe hielt ich meine zitternde Stimme unter Kontrolle.

„Oh nein, Freddie, bist du etwa wieder über eine Leiche gestolpert? Du hörst dich schrecklich an."

„Gestolpert trifft es in diesem Fall ziemlich genau", sagte ich, „ich bin in ihrem Blut ausgerutscht und auf sie gefallen. Erschrick nicht, wenn du mich siehst. Ich sehe mindestens so furchtbar aus, wie ich mich anhöre."

„Mein Gott!"

„Erinnerst du dich noch an Kim Wozniak, die Schwesternschülerin vom UKE?"

Er zögerte kurz. „Von damals? Die mit dem Tripper?"

„Genau die. Ich bin in ihrer Wohnung. Die Terrassentür war unverschlossen. Die Wohnung ist auf den Kopf gestellt worden, und Kim liegt mausetot in der Küche in ihrem Blut. Anscheinend wurde sie erschlagen."

„Wieso bist du dort?"

„Sie hat mich angerufen und um Hilfe gebeten, aber leider zu spät. Am besten kommst du erst mal her." Ich nannte ihm die Adresse.

„Fass nichts an."

„Das ist leider schon passiert. Ich habe auf ihr gelegen."

Ariano stöhnte. „Mein Gott, Freddie, musste das sein?"

Ich blieb sitzen und versuchte, einen klaren Kopf zu bekommen. Die frische Luft tat gut. Allmählich beruhigte

ich mich. Damit wurde jedoch die Versuchung größer, wieder hineinzugehen, um mich wenigstens notdürftig zu waschen, aber ich widerstand. Sollte auch der Täter das Bad benutzt haben, würde ich noch mehr Spuren zerstören. Obwohl ich allmählich eine gewisse Routine im Umgang mit Opfern von Gewaltverbrechen haben sollte, erlebte ich es noch immer als erschreckend und verstörend, mit einem toten Menschen konfrontiert zu sein. Und dieses Mal war ich besonders geschockt, und das nicht nur wegen meines „Blutbads". Ich kannte das Opfer und empfand es als besonders infam, dass Kim in ihrer eigenen Wohnung getötet worden war, an Heim und Herd, dem Rückzugsort, an dem sie sich wahrscheinlich wie die meisten Menschen sicher und geborgen gefühlt hatte. Was war geschehen? Wen hatte sie dermaßen verärgert, bedroht oder verletzt, dass sie es mit dem Leben bezahlen musste? Und was sollte ich jetzt tun? Ich hatte keinen Auftrag bekommen, sondern nur einen Hilferuf empfangen, und war in keiner Weise verpflichtet, mich um den gewaltsamen Tod meiner Ex-Freundin zu kümmern. Bisher hatte die Sache mir nur Frustration und Ärger eingebracht. Sollte ich mich nach Eintreffen der Polizei verabschieden und mich um andere Dinge kümmern, oder hatte mir das Schicksal persönlich mit meinem Missgeschick einen Wink mit dem Zaunpfahl gegeben und mich damit auf diese Sache angesetzt?
Während ich vor mich hin brütete, wurde die Terrassentür der Nachbarwohnung geöffnet, und eine weißhaarige, alte Dame trat heraus. Die schlicht und elegant gekleidete Frau war schmal und klein und in jungen Jahren bestimmt eine Schönheit gewesen. Ohne mich zu bemerken, zündete sie sich eine Zigarette an und inhalierte den Rauch. Als ich sie grüßte, erschrak sie und zuckte so heftig zusammen, dass ihr beinahe der Glimmstängel aus der Hand gefallen wäre. „Oh Gott! Sie haben mich aber erschreckt. Wer sind Sie?

Ist Frau Wozniak zu Hause? Sonst ist sie um diese Zeit doch bei der Arbeit."
Erst jetzt bemerkte sie, dass ich von oben bis unten blutverschmiert war. Sie begann, mit dünner Stimme zu schreien, und wich, ohne mich aus den Augen zu lassen, furchtsam zwei Schritte zurück, um sich in ihre Wohnung zurückzuziehen.
„Warten Sie, keine Angst!"
„Bitte, tun Sie mir nichts, Hilfe ... Hilfe!" Ihre hellgrauen Augen waren schreckgeweitet. Ich fürchtete, dass sie zusammenbrach.
„Keine Sorge. Bitte bleiben Sie hier." Ich stellte mich, so gut es ging, vor und drückte ihr meine Karte in die Hand. „Die Polizei wird jeden Moment hier sein", versuchte ich, sie zu beruhigen.
Offenbar war sie doch recht zäh, denn sie fing sich erstaunlich schnell. „Aber was ist geschehen? Wo ist Frau Wozniak?" Sie schaute durch die Terrassentür in Kims Wohnung. „Kim! Frau Wozniak! Sind Sie da? ... Irgendetwas stimmt hier doch nicht", sagte sie. „Ist etwas mit ihr?"
Ich nickte bekümmert. „Ihre Nachbarin ist tot."
„Nein!" Ihre Stimme wurde schrill.
„Leider ja."
„Oh Gott! Was ist passiert?"
„Das kann ich Ihnen nicht sagen. Sie müssen warten, bis die Polizei hier ist."
„Was für ein Unglück. Auch wenn es noch früh ist, auf den Schrecken muss ich mir einen kleinen Schluck Likör genehmigen." Sie drückte ihre Zigarette aus, ging ins Haus und kam kurz darauf mit einer Flasche „43" und einem Glas zurück. Damit setzte sie sich zu mir, schenkte sich mit zitternden Händen ein Glas ein und trank es auf einen Schluck aus. „Aaahhh!" Augenblicklich wirkte sie ruhiger und stellte sich als Agnes Dombrowski vor. „Pardon,

wie unhöflich. Mögen Sie auch einen? Ich hole ein zweites Glas."

„Vielen Dank, nein." Ich mochte das süße Zeug nicht und wollte außerdem einen klaren Kopf behalten. „Machen Sie sich keine Mühe."

Dafür schenkte sie sich ein zweites Glas ein. „Wo kommt das ganze Blut her? Ist es von Kim?"

Ich nickte stumm.

Um den Schock sofort im Keim zu ersticken, nahm sie schnell einen kräftigen Schluck. „Ich habe Sie noch nie hier gesehen. Sind Sie ein Freund von Frau Wozniak?"

„Nein, jedenfalls nicht direkt. Sie hat mich gestern angerufen und um Hilfe gebeten. Wie gut kennen Sie Ihre Nachbarin? Sie leben ja Wand an Wand. Da kriegt man doch bestimmt einiges mit."

Mit dem nächsten Schluck leerte sie das Glas und schenkte gleich nach. Inzwischen hatte der Likör seine beruhigende Wirkung voll entfaltet. Mir kam der Spruch von Wilhelm Busch in den Sinn: „Man weiß es schon von Alters her, wer Sorgen hat, hat auch Likör."

„Bitte erzählen Sie mir, während wir auf die Polizei warten, was Sie über Kim wissen?"

„Sie ist eine sehr freundliche, ruhige und hilfsbereite Nachbarin. Man kann nichts Schlechtes über sie sagen."

„Hatten Sie auch näheren, persönlichen Kontakt?"

„Wir haben uns manchmal unterhalten und zusammen Kaffee mit Schuss getrunken, hier auf der Terrasse."

Das war wohl eher Schuss mit Kaffee, so wie Agnes Dombrowski den „43" in sich hineinschüttete. Aber sie wirkte immer entspannter.

„Hatte Kim einen Freund, haben Sie vielleicht mal jemanden kennengelernt?"

Agnes kicherte. „Ein Kind von Traurigkeit war sie nicht. Ihr jungen Leute habt es heute ja besser als wir. In meiner

Jugend waren die Zeiten viel prüder. Kim brachte gerne einen netten jungen Mann nach Hause. Wenn ich es damals so gemacht hätte ..." Sie rollte bedeutungsvoll die Augen und deutete mit einer Handbewegung Ohrfeigen an.
„Können Sie ihn beschreiben."
Wieder kicherte sie und nahm einen Schluck. Der Pegelstand in der Flasche sank rapide.
„Nun, es war zwar meistens nur einer, aber nicht immer ein und derselbe."
„Okay." Offenbar hatte sich Kim seit den Tripperzeiten nicht geändert. Das würde die Suche nach dem Täter nicht gerade einfacher machen.
„Haben Sie vielleicht etwas gehört? Wände sind ja heutzutage nicht mehr so dick wie früher." Ich versuchte weiter, ihr ein paar Informationen zu entlocken.
„Selbstverständlich habe ich etwas gehört. Das war nicht zu überhören. Die junge Frau genoss es in vollen Zügen bei ungedrosselter Lautstärke."
„Das meinte ich nicht. Ich dachte eher an Gespräche."
Sie schaute mich entrüstet an. „Natürlich nicht, ich bitte Sie. Halten Sie mich für eine Nachbarin, die lauscht." Darauf musste sie noch einen Schluck nehmen.
„Entschuldigung, so war das natürlich nicht gemeint."
„Das will ich doch hoffen, junger Mann. Letzte Woche habe ich aber doch mal etwas gehört. Es war so laut, dass ich es beim besten Willen nicht überhören konnte. Sie hat mit einem Mann gestritten. Worum es dabei ging, kann ich jedoch nicht sagen."
„Hat der Mann sie bedroht?"
„Nein. Es schien mir eher so, als wolle er sie beruhigen. Sie hat sich schrecklich aufgeregt."
„Hatte sie sich in letzter Zeit verändert? Hatte sie Angst?"
„Nicht, dass ich wüsste."
Bevor Agnes Dombrowski ihre Flasche vollständig leeren

konnte, traf Ariano ein. Nachdem ich sie einander vorgestellt hatte, schickte er sie in ihre Wohnung mit der Bitte, dort auf seine Kollegen zu warten. Ohne zu schwanken, aber mit ziemlich steifem Rücken ging sie gemessenen Schrittes ins Haus.

„Du siehst furchtbar aus“, sagte Ariano.

„Ich fühle mich auch so. Wieso bist du alleine?“, fragte ich meinen Freund.

„Die Kollegen kommen ein paar Minuten später. Es schien mir sinnvoll, den Tatort und dich erst mal in Ruhe in Augenschein zu nehmen.“

Er drückte mir einen Satz Schutzkleidung in die Hand und stieg selbst in ein weißes Ganzkörperpräservativ.

„Warum soll ich das Ding anziehen? Der Tatort ist sowieso durch mich kontaminiert.“

„Vielleicht damit nicht jeder auf den ersten Blick sieht, dass du dich in Blut gewälzt hast.“

Das sah ich ein. „Okay. Du hast recht.“

Ich zog den Overall an und streifte die Plasiküberzieher über die Schuhe. Mit den engen Latexhandschuhen hatte ich immer eine Weile zu kämpfen, bis sie halbwegs vernünftig saßen.

„Es gibt da noch etwas, worüber ich gerne mit dir alleine reden wollte“, sagte Ariano.

Ich schaute ihn fragend an. „Schieß los.“

„Du weißt, dass es Probleme geben kann, wenn ein Ermittler in irgendeiner Weise mit einem Opfer, Täter oder Zeugen bekannt ist. Deshalb würde ich gerne für mich behalten, dass ich Kim gekannt habe.“

„Kein Problem, ihr hattet eh nur flüchtigen Kontakt durch mich, und das ist schon ewig lange her.“

„Stimmt, es ist schon lange her, aber das ist nicht die ganze Wahrheit. Etwa ein Jahr nach eurer Trennung, in der Zeit, nachdem du mir damals Heike ausgespannt hattest und mit

ihr nach Heidelberg gezogen warst, habe ich Kim zufällig wiedergetroffen— ich weiß nicht mehr, zu welchem Anlass. Dabei ist es zu einem One-Night-Stand zwischen uns gekommen. Danach habe ich sie nicht wiedergesehen."
„Das hast du nie erzählt."
„Es hatte keinerlei Bedeutung. Wir haben uns jahrelang nicht gesehen, und irgendwann habe ich natürlich nicht mehr daran gedacht."
Ich lachte. „Wie Frau Dombrowski, die Nachbarin, gesagt hat: Kim war kein Kind von Traurigkeit. Aber klar. Das bleibt natürlich unter uns. Ermittlungsrelevanz hat es nach all den Jahren ohnehin nicht."
„Okay. Dann gehen wir jetzt rein."
Ariano und ich kannten uns seit der Schulzeit. Wir waren zusammen in eine Klasse gegangen und waren damals beste Freunde. Nach dem Abitur hatten wir uns wegen eines Mädchens überworfen und aus den Augen verloren. Ich hatte Hamburg verlassen, in Heidelberg studiert und anschließend eine Weile in München als Redakteur gearbeitet, bevor ich in meine norddeutsche Heimat zurückgekehrt bin und mich für den Beruf des Privatschnüfflers entschieden habe. Vor knapp einem Jahr, im Rahmen meines ersten Falls waren wir uns wiederbegegnet und hatten seither schon einige Male erfolgreich zusammengearbeitet. Ohne einen Freund bei der Polizei steht ein Privatdetektiv oft vor unüberwindlichen Schwierigkeiten, aber auch Ariano hatte immer wieder von meiner Arbeit profitiert.
Zielstrebig durchquerten wir den verwüsteten Wohnraum, um in die Küche zu der Leiche zu gelangen. Durch mein Missgeschick lag sie jetzt auf dem Rücken und Ariano konnte Kim auf Anhieb erkennen.
„Wie hast du es nur geschafft, hier auszurutschen? Du musst das Blut doch gesehen haben", sagte Ariano kopfschüttelnd.

Ich druckste herum. „Habe ich auch, aber ich musste doch prüfen, ob sie wirklich tot war. Außerdem hat sie auf der Seite gelegen, sodass ich ihr Gesicht nicht erkennen konnte. Da bin ich zu nah herangegangen und habe mich ein Stück vorgebeugt. Ich war wirklich vorsichtig, es war echt Pech", beteuerte ich.
Ariano schüttelte den Kopf. „Du konntest mal wieder nicht warten, was?"
„Nein, ehrlich. Ich hatte nicht vor, etwas anzufassen. Danach habe ich sofort die Wohnung verlassen und dich angerufen."
Erst jetzt war ich ruhig genug, sie genauer anzuschauen. Zwar waren die Jahre auch an Kim nicht spurlos vorübergegangen, aber sie hatte sich nicht sehr verändert. Noch immer wirkte sie jung und attraktiv. Der Schlag hatte ihre Züge unversehrt gelassen. Die Platzwunde, durch die sie so viel Blut verloren hatte, war an ihrer Schläfe. Die grünen Augen, die Sommersprossen auf Stirn und Nase, das Gesicht, das so viel Lebenslust ausgedrückt hatte, das alles war Kim.
Ich musste ein paar mal schlucken. Für einen Moment hatte ich einen Kloß im Hals.
„Das geht mir auch nicht anders." Ariano legte mir tröstend eine Hand auf die Schulter. „Es ist immer besonders übel, wenn es jemand ist, den man kennt."
Kurze Zeit später wurde es unruhig auf der Straße vor dem Haus. Autotüren wurden zugeschlagen, Motoren abgestellt und Menschen riefen sich etwas zu. Arianos Leute trafen ein. Ich hörte, wie Frau Dombrowski sie hinter das Haus schickte. Wir verließen die Küche, um ihnen entgegenzugehen.
Draußen an der Terrassentür gab es jetzt viel Bewegung. Das ganze Team der Abteilung Gewaltverbrechen drängte sich auf der kleinen Terrasse: Die Spurensicherung, der

Fotograf und die Pathologin, dazu eine junge Kollegin, die ich noch nicht kannte, und natürlich waren auch Kurry und Ketchup dabei, mit denen mich ein Hang zu gegenseitigen freundschaftlichen Frotzeleien verbindet.
„Mein Gott Freddie", sagte Kurry, als er mich sah, „wer dir begegnet, hat nur geringe Überlebenschancen. Da kann man richtig Angst kriegen."
Ketchup stimmte gleich ein. „Und es hilft auch nicht, sich in seiner Wohnung zu verstecken."
Kurry zeigte auf die fast leere Likör-Flasche und das Glas, die noch immer auf dem Gartentisch standen. „Freddie ermittelt. Man sieht es."
„Nun macht mal halblang Jungs, das war die Nachbarin, nicht ich."
„Etwa diese freundliche, alte Dame, die uns gerade vor der Tür empfangen und nach hinten geschickt hat? Die soll fast eine ganze Flasche ‚43' ausgetrunken haben. Wer soll das denn glauben?"
„Sie hat nicht so ausgesehen, als sei sie betrunken", meinte Ketchup.
„... und sich auch nicht so angehört", stimmte Kurry ein.
Zum Glück hatten sie von meiner Blutgrätsche noch nichts mitgekriegt. Der weiße Schutzanzug verdeckte die gröbsten Verunreinigungen.
„Können wir mal aufhören zu sabbeln und uns auf die Arbeit konzentrieren. Da drinnen liegt eine Leiche", sagte Ariano, der mir jetzt die neue Kollegin als Pom Isabelle Bergson vorstellte. Ich vermutete, dass sie als Ersatz für Gatto gekommen war. Arianos langjähriger Kollege war erst vor ein paar Wochen dem Krebs zum Opfer gefallen. Ich schätzte Isabelle Bergson auf Mitte zwanzig. Die junge Polizeiobermeisterin, kurz „Pom", war mir auf Anhieb sympathisch. Sie war schmal und schlank, sehr sportlich und etwa so groß wie ich. Ihr herb-hübsches Gesicht zeigte

einen energischen Zug um den Mund. Sie hatte einen langen Hals und ein kleines Grübchen im Kinn, schulterlanges, braunes Haar und ebenso braune Augen. Außerdem mochte ich Leute, die Namen von Philosophen trugen.
Während der Fotograf den Tatort aus jedem Blickwinkel auf seinem Kamera-Chip verewigte und jedes Detail einzeln aufnahm, kümmerte sich die Pathologin um die Leiche und verkündete bald ein vorläufiges Untersuchungsergebnis. „Der Tod ist schätzungsweise zwischen Mitternacht und zwei Uhr heute früh eingetreten."
„Wenige Minuten vor Mitternacht hat sie mich angerufen und auf meine Mailbox gesprochen. Dann hat sie also nicht mehr lange gelebt."
„Den Mitschnitt lässt du uns zukommen", sagte Ariano.
„Klar."
„Die mutmaßliche Tatwaffe haben wir auch. Es handelt sich um diese schwere, gusseiserne Bratpfanne, die der Täter wohl hier vorgefunden hat", erklärte die Gerichtsmedizinerin. Sie zeigte uns die Unterseite der Pfanne. „Es sind Blutspuren und Haare des Opfers daran. Weitere Einzelheiten bekommt ihr später."
„Also war es kein geplanter Mord, sondern eine spontane Tat. Der Täter hat keine Waffe mitgebracht, sondern in einem Anfall von heftigem Jähzorn genommen, was ihm in die Hand kam."
„Ist die Bratpfanne nicht eher eine weibliche Waffe?", fragte Kurry.
„Die Zeiten sind längst vorbei, zu denen ausschließlich Frauen mit Gift mordeten oder mit Bratpfannen zuschlugen. Die Gleichberechtigung setzt sich in allen Bereichen durch, auch bei den Mordwaffen. Ein emanzipierter Mann greift dann auch gerne mal zur Pfanne statt zum Hammer", referierte ich.
„Hahaha", sagte Ketchup.

„Eines ist allerdings auffällig. Der Täter hat sich nach der Tat im Blut des Opfers gewälzt, und zwar erst Stunden nach Eintritt des Todes. So etwas habe ich bisher noch nie gesehen. Keine Ahnung, was das zu bedeuten hat“, sagte die Pathologin, „vielleicht jemand mit nekrophilen Neigungen oder irgendein perverses Ritual. Weiß der Teufel, was hier stattgefunden hat.“
„Das war nicht der Täter, sondern Freddie, der die Leiche gefunden und uns alarmiert hat“, erklärte Ariano.
„Ich bin ausgerutscht und auf die Leiche gefallen, als ich nachprüfen wollte, ob ich der Frau noch helfen kann“, sagte ich kleinlaut.
„Das hätten Sie uns auch eher sagen können“, schimpfte die Pathologin mit säuerlicher Miene. „Wie soll man so vernünftig arbeiten? Das gibt einen gepfefferten Bericht.“
Es dauerte eine ganze Weile, bis Ariano die Kollegin beruhigt hatte.
„Ist die Tote dabei auch bewegt worden?“
„Leider ja“, sagte ich, „es tut mir leid.“
Die Pathologin fluchte wie ein Kesselflicker. Während die Spurensicherung das verwüstete Wohnzimmer genau untersuchte, musste ich der noch immer knurrigen Frau zeigen, wie Kim vor meinem unglücklichen Eingreifen gelegen hatte. Dann sah ich mir zusammen mit Ariano das Schlafzimmer an. Genau wie der Wohnraum war es eilig durchwühlt worden. Jemand hatte die Wäsche aus den Schränken gerissen, die Matratze war umgedreht worden, und das Bettzeug lag auf dem Boden. Alles zeugte von Nervosität und Hektik. An einer Pinnwand hingen ein paar Fotos, die Kim alleine oder mit verschiedenen Leuten zeigten. Eines davon schien relativ neu zu sein. Ich steckte es ein.
Auf dem Nachtschrank neben ihrem Bett lag ein kleiner Stapel Bücher mit Titeln wie „Geboren im Schutz der

großen Göttin", „Weise Frau: Hebamme, Hexe und Doktorin" oder „Von Hexen, Hebammen und Heilkräutern". Ich blätterte kurz durch Letzteres und las von Brigid, der keltischen Göttin, die bei jeder Geburt anwesend ist und das Werkzeug der Hebammen beschützt. Das war wohl die typische Hebammen-Nacht-Lektüre.
„Ob der Täter gefunden hat, wonach er suchte?", fragte ich, „er ist jedenfalls nicht systematisch vorgegangen, wie das Chaos zeigt. Es wirkt eher wie ein oberflächliches, planloses Durchwühlen."
„Dann ist das Gesuchte möglicherweise noch hier."
Ich nickte. „Oder es war gar nicht hier."
„Aber wir haben keine Ahnung, worum es sich handelt. Insofern ist es ohnehin müßig, darüber zu spekulieren."
„Wir müssen mehr über Kims Leben erfahren, über ihre Freunde, Kollegen, ihren Alltag", sagte ich, „und vor allem über ihre Liebhaber."
„Vielleicht haben wir Glück, und ein paar verwertbare Spuren haben deine Brachialattacke überlebt."
„Okay, es ist passiert, aber ohne mich wäre die Leiche vielleicht in der Wohnung verwest", sagte ich.
„Nimm's nicht persönlich, aber ein bisschen Spott wirst du dir gefallen lassen müssen. Warte nur, bis dein Missgeschick sich herumgesprochen hat."
Ich grummelte und wechselte das Thema. „Wenn die Tat nicht geplant war, hat der Mörder auch keine Schutzvorkehrungen getroffen. Ich bin sicher, wir finden jede Menge DNA-Material in der Wohnung."
„Bei der Menge an Männern, die Kim verbraucht hat, wird das nicht sonderlich hilfreich sein."
„Habt ihr Einbruchspuren gefunden?"
„Nein. Sie hat ihrem Mörder wohl die Tür geöffnet. Geflüchtet ist er dann über die Terrasse", mutmaßte Ariano.
„Dann hat sie ihn wohl gekannt."

„Ich denke schon. Wer öffnet schon um Mitternacht einem Fremden die Tür."
„Das ganze Muster sieht ohnehin nach einer Beziehungstat aus", merkte ich an.
„Sehe ich auch so. Wie ist eigentlich dein Interesse an dem Fall? Hat Kim dich beauftragt?"
„Eigentlich nicht. Sie hat mich per Mailbox um Hilfe gebeten, ich habe aber kein Wort mit ihr wechseln können. Und so, wie unsere Beziehung damals auseinandergegangen ist, fühle ich mich ihr auch nicht verpflichtet. Andererseits habe ich im Moment nichts zu tun, und es ist schon ein persönlicher Affront, eine Leiche unter die Nase gelegt zu bekommen. Ich habe in der letzten Zeit so gut verdient, dass ich es mir durchaus erlauben kann, auch mal ohne Honorar zu arbeiten."
„Also bleibst du am Ball?"
„Erst mal ja."
„Das ist gut", sagte Ariano. „Du und Limo, ihr seid eine hervorragende Unterstützung, jetzt, wo Gatto fehlt."
„Aber du hast doch die Neue, Isabelle, die euer Team verstärkt. Auf den ersten Blick macht sie einen recht schnittigen Eindruck."
„Isabelle ist eine gute Polizistin, aber relativ unerfahren", entgegnete Ariano.
„Habt ihr einen Computer gefunden?"
„Ja, einen Laptop, aber er ist passwortgeschützt."
„Wenn du mir das Gerät bis heute Abend überlässt, kann Limo sich damit beschäftigen. Du kennst sie ja."
„Das darf ich zwar nicht, aber solange keiner etwas merkt, wenn du den Rechner versehentlich mitnimmst ..."
„Okay. Dann bis später." Ich klemmte mir den Laptop unter den Arm, umrundete das Haus und klingelte bei Frau Dombrowski, um mich zu verabschieden. Den weißen Schutzanzug behielt ich an, um meine blutbesudelte Klei-

dung darunter zu verstecken. Sie lobte die netten Herren von der Polizei, die mit ihr Kaffee tranken und sie befragten, und bedauerte die arme Kim, fand aber alles höchst aufregend.
Eines ist mir doch noch eingefallen“, sagte sie, als ich mich zum Gehen gewandt hatte. „Wahrscheinlich ist es unwichtig. Sie haben zwar nach Kims Herrenbesuch gefragt, aber letzte Woche war eine Frau bei ihr. Ich habe gehört, wie sie aufgeregt mit Kim diskutiert hat und dann mit laut knallender Haustür gegangen ist.“
„Haben Sie die Frau gesehen? Können Sie sie beschreiben?“
„Nein, leider nicht.“
„Schade, aber trotzdem, wenn Ihnen noch etwas einfällt, Sie haben meine Karte. Vielen Dank.“
„Da nicht für“, antwortete sie in guter Hamburger Tradition und schloss die Tür.
Ich fragte mich, ob sie dem hochprozentigen Likör weiter in dieser Frequenz zugesprochen hatte, aber noch immer artikulierte sie klar und deutlich und zeigte kein Anzeichen von Trunkenheit. Natürlich musste ich versprechen, sie zu besuchen.
Auf dem Heimweg zogen mir Erinnerungen an meine Zeit mit Kim durch den Kopf. Es war schon merkwürdig, dass sie wieder aufgetaucht war. Irgendwie ließen die Frauen meiner Vergangenheit mich nicht los. In meinem letzten Fall hatte ich meine Schülerliebe Virginia wiedergetroffen, und dieses Mal war es Kim. Plötzlich fühlte ich mich tatsächlich ein wenig melancholisch und einsam.

2

Inzwischen war es früher Nachmittag. Unterwegs rief ich Limo an, um sie auf die Arbeit mit Kims Laptop vorzubereiten. Sie freute sich. Das war ein Auftrag ganz nach ihrem Geschmack.

Der volle Name meiner Assistentin ist Lieselotte Molders, aber sie wird von allen Limo genannt. Wer Lilo zu ihr sagt, riskiert ein blaues Auge. Fraglos ist sie eine besondere Erscheinung. Ihr Schädel war seit Neuestem zu einem Drittel kahl rasiert, und das Resthaar leuchtete in drei Farben – lila, grün und blau. In der kalten Jahreszeit trug sie mit Vorliebe einen kurzen, schwarzen Rock über einer grauen, warmen Wollstrumpfhose, Knobelbecher und einen Pullover, den angeblich ihre Oma gestrickt hatte. Auf der Brust prangte der Stinkefinger und leuchtete in großer, roter Schrift: Fick dich! Farbenprächtige Tätowierungen und ein Kilo Metall in Form von Piercings an allen möglichen und unmöglichen Stellen rundeten ihren Auftritt ab. Limo war unfassbar tüchtig, wurde aber aufgrund ihrer exaltierten Erscheinung leicht unterschätzt. Schon mehrfach hatte sie unter Beweis gestellt, dass sie als Hackerin unschlagbar war. Kein Passwort war vor ihr sicher.

„Wie siehst du denn aus?" Sie wunderte sich über den weißen Overall.

„Ich habe ein Blutbad genommen", antwortete ich und schlüpfte aus dem wenig kleidsamen Überzieher.

„Oh Gott, wie furchtbar. Hast du Schmerzen? Musst du ins Krankenhaus? Was ist dir zugestoßen?"

„Das ist nicht mein Blut. Ich bin unverletzt." Ich erzählte, was geschehen war.

„Puh, wie eklig! Das muss ich unbedingt Oma erzählen. Also langweilig wird es nicht mit dir."

Ich übergab ihr Kims Laptop und ging erst mal hinüber in meine Wohnung auf der anderen Straßenseite, um zu duschen und frische Kleidung anzuziehen. Die besudelte Garderobe einschließlich der Unterwäsche stopfte ich sofort in eine Plastiktüte und warf sie in den Müll. Selbst wenn die Flecken sich herauswaschen ließen, der Geruch käme mir immer wieder in die Nase. Unter der heißen Dusche schrubbte ich mich ordentlich ab. Entgegen sonstiger Gewohnheit sprühte ich mich anschließend großflächig mit Eau de Toilette ein. Noch immer irritierte mich meine funkelnagelneu renovierte Wohnung. Alles wirkte kühl und unpersönlich, eine Junggesellenbude eben. Ich hatte einfach kein Talent für gemütliche Einrichtung. Vielleicht hatte meine Mutter ja doch recht mit ihrer Behauptung, dass in meinem Leben eine Frau fehlte. Außerdem vermisste ich meine Fische. Seitdem ich das Aquarium mit den Piranhas nicht mehr hatte, war ich schon ein wenig einsam. Die Tierchen waren nicht nur gute stumme Zuhörer, sondern hatten mir ja auch das Leben gerettet. Eigentlich wäre ich es ihnen schuldig gewesen, sie am Amazonas zu begraben. aber jetzt lag das, was von ihnen übrig war, einen halben Meter tief im Elbsand bei Övelgönne. Ich war noch unentschieden, ob ich mir einen neuen Schwarm anschaffen sollte. Aber so einfach lassen sich Tiere, mit denen man lange zusammengelebt hat, nicht ersetzen. Ich hatte sogar darüber nachgedacht, mir stattdessen ein Formicarium mit einer netten südamerikanischen Ameisenart wie zum Beispiel Solenopsis invicta zuzulegen. Auch nicht so schlecht, aber ebenso wenig zum Kuscheln geeignet wie die Piranhas. Ich zog mir frische Sachen an und kehrte zurück ins Büro.
„Boah Freddie!“ Limo wedelte sich mit der Hand Frischluft zu. „Jetzt stinkst du so penetrant wie ein Pariser Transvestitenbordell.“

„Aber besser als nach Leichenschauhaus oder Schlachter zu duften, oder? Keine Sorge, das ist schnell verflogen."
Von den Sicherheitsvorkehrungen auf dem Laptop war sie enttäuscht. Noch während ich unter der Dusche stand, hatte sie ihn geknackt. „Das ist eher ein Witz als ein Passwort", sagte sie und prustete los.
„Wie lautet es denn?"
„GeorgeClooney." Sie schlug sich auf die Schenkel und konnte sich gar nicht mehr einkriegen vor Lachen. „Leck mich fett. Wie kann man nur so bescheuert sein."
Ich fand es gar nicht so abwegig, hatte ich doch auch schon mal ein Passwort ähnlicher Kategorie in Erwägung gezogen: NathaliePortman. Aber das behielt ich besser für mich. „Etwas pietätvoller, wenn es geht", sagte ich, „die Frau ist tot."
„Wieso hat sie eigentlich dich angerufen. Du kanntest sie?"
„Ja, aber nur flüchtig, und auch das ist schon ewig her."
„Eine Verflossene also."
„Darauf muss ich nicht antworten", sagte ich.
„Aha, also was Dramatisches."
„Limo, du nervst. Such mir lieber die Adresse ihres Arbeitsplatzes heraus."
„Schon erledigt." Sie drückte mir ein kleines Dossier in die Hand, auf dem ich knapp zusammengefasst die Daten fand, die sie während meiner Abwesenheit ermittelt hatte. Das waren nicht nur die Kontaktdaten von Kims Arbeitgeber, der Praxis Dr. Clemens & Dr. Wildmüller, sondern auch die Adresse ihrer Eltern, ihres Fitnessclubs, ihre Bankdaten, Facebookfreunde, ihr Beziehungsstatus, ein paar Fotos, die sie gepostet hatte, teilweise mit Namen der abgebildeten Personen, wenn sie Facebook bekannt waren, und einiges mehr. Fehlten nur noch Angaben zur Farbe ihrer Unterwäsche, die Marke ihres Deos und wie sie ihr Frühstücksei am liebsten mochte.

„Bravo", lobte ich Limo, „das macht dir niemand nach."
„Geil, was!"
„So kann man es auch sagen."
„Schau dir ihre Mails und ihr Bankkonto an ... und was du sonst noch auf ihrer Festplatte findest, und dann schicke den Laptop an Ariano."
„Am besten ziehe ich eine Kopie ihrer Platte auf unseren Server", sagte sie, „was wir haben, haben wir."
„Tu, was du für richtig hältst."
„Mach ich sowieso."
Seit Kurzem hatten wir einen Server, und unsere zwei Rechner bildeten ein Intranet. Limo hatte mich überzeugt, dass wir so etwas unbedingt brauchten. Ich hatte sie schalten und walten lassen, wie sie wollte, und allzu teuer war es auch nicht. Deshalb gab es die Quaestoria jetzt auch digital, und ich war sicher, dass unser Netzwerk besser abgesichert war als das der CIA, der NSA oder die Datenbank mit den unveröffentlichten Songs von Dieter Bohlen.
Ich entschloss mich, nach Blankenese zu fahren, um Kims Arbeitgeber einen Besuch abzustatten, und so rollte ich zum zweiten Mal an diesem Tag nach Westen, dieses Mal jedoch wie die zwei Ringelnatz-Ameisen, die nach Australien reisen wollten, über die schöne Elbchaussee. Aber da ich mit dem Auto unterwegs war, taten mir die Beine nicht weh, und so schnell aufgeben würde ich auch nicht. Leider lud das Wetter noch nicht dazu ein, mit offenem Verdeck zu fahren. Zwar war es trocken und sonnig, aber noch immer lausig kalt. Seit dem Herbst hatte ich nur wenig Freude an meinem Fiat Barchetta, meinem Bötchen. Bei der Fahrt zog es wie Hechtsuppe und es war saukalt. Ich dachte sogar daran, es zu verkaufen, zumal es viel zu auffällig für einen Privatschnüffler war.
Die Praxis befand sich in einer schneeweißen Gründerzeitvilla etwa auf Höhe des Hirschparks. Fast wäre ich

vorbeigefahren, denn das Gebäude lag ein wenig abseits der Straße hinter hohen, alten Eichen in einem parkartigen Garten. Das alte Haus wurde überragt von einem mehrstöckigen Neubau, der dahinter stand und durch einen gläsernen Gang mit der Villa verbunden war. Gleich hinter der Grundstücksauffahrt gab es erfreulicherweise einen Besucherparkplatz, auf dem ich mit meinem Bötchen vor Anker ging.

Über eine breite Außentreppe erreichte ich eine zweiflügelige Glastür, die sich ausgelöst durch eine Lichtschranke selbsttätig öffnete, als ich mich näherte. Ich betrat die gediegene Eingangshalle mit Parkettboden, edelholzgetäfelten Wänden und einem Kronleuchter, der stärker funkelte als die Kronjuwelen der Queen. Die Dame am Empfang erinnerte mich an das alte Lied von Lale Anderson: „Man ist ja schließlich an der Elbchaussee gebor'n! Ich hatt' als Kind schon einen Ladestock im Rücken und saß auf echten, alten Möbeln rum wie angefror'n." Sie trug einen weißen Kittel und eine Hochsteckfrisur à la Fünfzigerjahre, die seinerzeit Vogelnest genannt und mithilfe eines kleinen Plastikgestells im Volumen vergrößert wurde. Das war damals todschick, sah heute jedoch wie aus der Zeit gefallen aus.

Marlene Brockmann – ein Schild mit diesem Namen steckte an ihrer Bluse – sah so vertrocknet aus, dass ich ihr am liebsten einen Pappbecher mit Wasser aus dem Spender gebracht hätte, der neben der mit Freischwingern möblierten Wartezone stand. Ein paar mehr oder weniger fortgeschritten schwangere Frauen saßen dort, unterhielten sich, schauten in die Luft oder blätterten in Zeitschriften.

Ich legte meine Visitenkarte auf den Empfangstresen. „Guten Tag, Frau Brockmann. Ich muss dringend einen der Doktoren sprechen. Es geht um ihre Mitarbeiterin Kim Wozniak. Sie ist letzte Nacht ermordet worden." Es schien

mir angeraten, gleich mit dem großen Hammer zuzuschlagen. So würde ich jeden Widerstand, mich vorzulassen, im Keim ersticken, denn anders als bei der Polizei, die sie nicht abwimmeln können, haben die Leute oft keine Lust, mit einem Privatschnüffler zu reden.
Und es funktionierte. „Was, ..., nein, das, ... oh Gott!" Der steifen Marlene hatte es kurz die Sprache verschlagen. Als sie zum Telefon griff, um ihren Chef anzurufen, hatte sie sich wieder gefangen. Nach einem kurzen Telefonat erklärte sie mir den Weg und schickte mich in den hinteren Bereich des Hauses zu Dr. Clemens. Auch hier atmete alles hanseatische Seriosität und Gediegenheit. Clemens Clemens kam hinter seinem Schreibtisch hervor, um mir die Hand zu schütteln. Er wirkte bestürzt und rang mühsam um Fassung.
„Das ist ja eine schreckliche Geschichte. Ich kann es kaum glauben. Bitte setzen Sie sich doch." Wir nahmen an dem runden Besuchertisch Platz. Clemens war entweder Mitte vierzig oder älter und sehr gut erhalten. Der Mann war sportlich, braungebrannt, hatte graue Schläfen und ein kräftiges Kinn. Ich konnte mir nicht vorstellen, dass Kim einen derart attraktiven Mann unbeachtet am Wege hatte liegen lassen.
„Ich kann es kaum glauben", wiederholte er, „wer tut so etwas? Frau Wozniak war so eine nette und tüchtige Frau. Was ist passiert?"
„Wir haben sie heute Vormittag erschlagen in ihrer Wohnung gefunden."
„Mein Gott. Sie hatte sich für heute freigenommen. Deshalb haben wir sie noch nicht vermisst."
„Wie hat sie den Wunsch nach einem freien Tag begründet?"
„Krank war sie nicht, glaube ich. Warten Sie, ich rufe meine Kollegin dazu. Sie hat mit ihr gesprochen." Er griff

zum Telefon und sprach kurz mit Antje Wildmüller, die kurz darauf den Raum betrat. Die brünette Frauenärztin war erstaunlich jung für die Position als Teilhaberin einer derart großen und exklusiven Praxis. Sie war stämmig, nicht besonders groß und machte einen resoluten, dabei freundlichen und zugewandten Eindruck.

„Herr Nietsch von der Polizei“, stellte er mich vor. Natürlich korrigierte ich ihn nicht.

„Unfassbar! Was für eine schlimme Nachricht“, sagte die Ärztin, während sie mir die Hand schüttelte. „In der eigenen Wohnung erschlagen. Waren es Einbrecher? Man liest ja so viel, aber kann sich nicht vorstellen, dass so etwas in der eigenen Umgebung passiert.“ Ihr Gesichtsausdruck spiegelte Betroffenheit.

„Die Ermittlungen stehen erst am Anfang. Wir wissen noch nichts über Hintergründe und Umstände ihres Todes. Sie hat gestern angerufen, um sich für heute freizunehmen. Was hat sie gesagt? Sie haben doch mit ihr gesprochen.“

Die junge Ärztin dachte einen Augenblick nach. „Eigentlich nichts weiter. Sie sprach von einem dringenden Termin. Worum es dabei ging, hat sie nicht erklärt. Ich habe mich nur gewundert, dass sie so kurzfristig damit kam. Es war immerhin schon später Nachmittag, und ich hatte kaum Zeit, den Dienstplan umzustellen und für Ersatz zu sorgen. Aber da sie immer sehr zuverlässig ist, äh, ... ich meine, war, habe ich es akzeptiert. Es war das erste Mal, dass so etwas passierte.“

„Hatten Sie auch privaten Kontakt zu Kim Wozniak, oder gibt es Kollegen, mit denen sie eine engere Beziehung pflegte?“

„Ich weiß es nicht, aber bei uns ist sogar der Hausmeister eine Frau. Clemens ist der einzige Mann im Haus. Und Frau Wozniak war, was ihre sozialen Kontakte betraf, wie soll ich es sagen, eher auf Männer fixiert, und zwar auf

eine Weise, die vielen Frauen missfällt. Kurz gesagt: Sie war unter den Kolleginnen nicht sonderlich beliebt."
Ich musste grinsen. „Das haben Sie sehr gekonnt diplomatisch ausgedrückt, ohne den Begriff ‚Schlampe' zu verwenden."
Jetzt musste sie lachen. „Nun ja, man redet nicht schlecht über Verstorbene."
„Und Sie?" Ich fragte Herrn Clemens direkt.
„Um Gottes Willen, nein. Wir haben die erforderliche Distanz gewahrt. So etwas passt nicht in unserer Klinik, und außerdem bin ich glücklich verheiratet", sagte er eine Spur zu schnell.
„Warum haben Sie ihr nicht gekündigt?"
„Beruflich hat sie sich einwandfrei verhalten, und bis auf ein länger zurückliegendes Vorkommnis, als sie dem Ehemann einer Kollegin Avancen gemacht hat, gab es nichts zu bemängeln. Fachlich war sie außerordentlich kompetent. Deshalb haben wir ihr auch die Leitung unserer Geburtsstation übertragen."
„Sie haben also keinen Verdacht, wer ihr nach dem Leben getrachtet haben könnte?"
Beide schüttelten synchron den Kopf. „Ich kann mir nicht vorstellen, dass die Tat in irgendeiner Weise mit dem Institut zusammenhängt. Der Täter wird wohl eher unter ihren Liebhabern zu finden sein", sagte Frau Wildmüller.
Das glaubte ich allerdings auch. „Und sie hat wirklich nie Namen genannt oder Dinge aus ihrem Privatleben erzählt?"
Antje Wildmüller zuckte bedauernd die Achseln. „Wenn mir noch etwas einfällt, melde ich mich selbstverständlich bei Ihnen."
Dr. Clemens nickte. „Unsere Mitarbeiterinnen stehen natürlich für Befragungen zur Verfügung, aber ich glaube kaum, dass Sie dabei viel über Frau Wozniak erfahren."

„Trotzdem würde ich gerne kurz mit Frau Wozniaks engster Mitarbeiterin und mit Frau Brockmann sprechen."
„Kein Problem", sagte Dr. Wildmüller. „Ich lasse die Kollegin suchen und schicke sie zum Empfang."
„Viel Erfolg mit Frau Brockmann", sagte Dr. Clemens grinsend.
Ich verabschiedete mich von den zwei Halbgöttern in Weiß und ging zum Empfang.
„Kannten Sie Kim Wozniak eigentlich näher, Frau Brockmann?"
„Nein."
„Haben Sie nie mit ihr geredet?"
„Guten Tag und auf Wiedersehen."
„Aber man kommt doch schon mal ins Gespräch."
„Ich nicht."
„Nicht mit Frau Wozniak oder mit niemandem."
„Mit niemandem. Das liegt mir nicht."
„Aber irgendetwas kriegt man doch schon mal mit."
„Nein."
„Nun lassen Sie sich doch nicht die Würmer einzeln aus der Nase ziehen. Was können Sie mir zu Frau Wozniak sagen.
„Nichts."
„Sie mochten sie nicht, oder?"
„Niemand mochte sie."
Zum Glück kam jetzt Kims Mitarbeiterin durch den Gang aus dem Neubau und erlöste mich von dem zähen und fruchtlosen Gespräch mit der einsilbigen Frau Brockmann. Dabei war ich eigentlich sicher, dass die Rezeptionistin, die wie eine Spinne mitten in ihrem Netz saß, mehr wusste, als sie sagte.
Kims Kollegin stellte sich als Jennifer Lohse vor. „Frau Dr. Wildmüller bat mich, mit Ihnen zu sprechen. Furchtbar, was Kim zugestoßen ist."

„Mochten Sie Kim?“
„Ja, schon.“
„Hatten Sie auch privaten Kontakt?“
„Nur sehr sparsam, aber wir haben schon miteinander geredet.“
„Haben Sie auch über Männer gesprochen?“
„Das blieb mit Kim nicht aus. Sie wissen bestimmt, dass sie, äh, ...“
„... nymphoman veranlagt war“, vollendete ich den Satz.
„Ja.“
„Ihr Männerverbrauch war, gelinde gesagt, exorbitant. Wenn sie nicht über die Arbeit geredet hat, wurde über Männer getratscht.“
„Kennen Sie Namen?“
„Nein. Kim hat zwar kein Geheimnis daraus gemacht, aber es waren einfach zu viele, um sie sich zu merken. Das lohnte auch nicht, da keine ihrer Affären von Dauer war.“
„Gab es denn Stress in letzter Zeit?“
„Irgendein Typ, den sie abserviert hatte, war hinter ihr her und ließ sie nicht in Ruhe. Außerdem wirkte sie in den letzten Tagen sehr angespannt, aber das hing wohl nicht mit diesem Typen zusammen.“
„Hat sie Ihnen erzählt, worum es ging?“
„Nein. Ich habe mal gefragt, aber sie hat abgewiegelt.“
Ich gab Jennifer Lohse meine Karte mit der Bitte, mich anzurufen, wenn ihr noch etwas einfallen sollte. Dann machte ich mich auf den Heimweg nach Ottensen.
Ein Trupp von Hebammen, Frauenärztinnen und Krankenschwestern war höchstwahrscheinlich nicht fähig, jemanden brutal zu erschlagen, selbst wenn es sich um eine ungeliebte Kollegin handelte. Obwohl Kurry die Bratpfanne als eher weibliche Mordwaffe eingestuft hatte.

3

Am nächsten Morgen empfing Limo mich bestens gelaunt.
„Moin Chef. Hat sich dein gestriger Ausflug nach Blankenese gelohnt?“
„Geht so. Eigentlich habe ich wenig Neues erfahren.“
„Ich dafür umso mehr. Im Prinzip ist der Fall gelöst.“
Ich horchte auf. „Jetzt gib nicht an, sondern leg los. Was hast du gefunden?“
„Deine alte Freundin hatte einen Stalker, einen enttäuschten Liebhaber, der sie zum Schluss massiv bedroht hat.“
„Das hat Kims Kollegin auch angedeutet. Woher weißt du davon?“
„Ich habe ihren E-Mail-Verkehr der letzten Wochen durchgeackert. Mein Gott, sie hat es echt draufgehabt mit den Männern. Eine Herkulesaufgabe, wenn die alle überprüft werden müssen.“
„Und der Stalker?“
„Am besten liest du selbst.“
Ich setzte mich neben sie. „Sie hat das Passwort für ihren Mailaccount auf ihrer Festplatte gespeichert. Sollte man eigentlich nicht tun.“ Während sie mit mir redete, öffnete sie Kims Mailprogramm und klickte dann bei Sortieren auf Name. „Es ist dieser Walter66.“ Sie scrollte so weit herunter, bis die Mails von Walter66 aufgelistet waren. Es waren drei. „Die älteren Nachrichten hat sie gelöscht“, sagte Limo, „und nur die letzten behalten, vielleicht, um etwas in der Hand zu haben, weil er angefangen hatte zu drohen.“
Sie hatte Walter66 über den Single-Chatroom „Heiße Kartoffel.de“ im Internet kennengelernt, den sie regelmäßig unter dem Nick „Medusa“ besuchte. Nach der anfänglichen, ziemlich kurzen Flirtphase haben sie sich getroffen

und waren in die Kiste gesprungen. Das geschah allerdings im Hotel oder bei ihm, denn wie seine Mails nahelegten, kannte er weder ihren echten Namen noch ihre Adresse oder Telefonnummer. Während er offenbar über die Maßen von Medusa begeistert war, kühlte ihr Interesse nach diesem Treffen rapide ab. Er war wohl als Liebhaber nicht überzeugend. Sie löschte ihn sogar aus ihren Kontakten und blockierte ihn in dem Chatroom. Er beklagte sich, dass sie nicht mehr mit ihm chattete und auch seine Mails nicht mehr beantwortete. Sein Ton wurde zunehmend aggressiver, er fing an, sie zu beschimpfen und zu bedrohen. Dabei schrieb er auch ziemlich krauses Zeug von irgendwelchen Göttinnen, die er gegen sie beschwören wollte. Vor etwa zwei Wochen hat er damit aufgehört.

„Das ist eine harte Nummer", sagte ich.

„Und reicht allemal, um Walter66 die Nummer eins in der Reihe der Verdächtigen zuzuweisen."

„Immerhin haben wir jetzt jemanden, auf den sich unsere Bemühungen konzentrieren können. Weißt du denn schon, wer sich hinter Walter66 verbirgt?"

„Nein, aber ich habe mich gleich bei der ‚Heißen Kartoffel' angemeldet." Sie klickte Kims Mailverkehr weg und öffnete den Firefox, um „Heiße Kartoffel.de" aufzurufen.

„Wieso nennt sich so ein Chatroom ‚Heiße Kartoffel.de'?"

„Keine Ahnung. Aber ich schätze, weil man die Frau oder den Mann fürs Leben dort weder sucht noch findet", sagte Limo. Wenn du dir so anschaust, wie die Leute sich dort präsentieren, weißt du gleich, worum es geht. Unverständlich und ziemlich weltfremd, dass Walter66 sich überhaupt Hoffnungen auf eine gemeinsame Zukunft mit Medusa gemacht hat."

„Und jetzt versuchst du als paarungswillige Großstädterin, Walter66 zu finden."

„Das dauert viel zu lange, falls es überhaupt funktioniert."

„Aber wieso hast du dich dann angemeldet?“
„Mit meiner Anmeldung habe ich einen Trojaner geschickt. Wenn alles klappt, wie ich es mir vorstelle, sollte ich demnächst als Administrator Zugriff auf das Netz von ‚Heiße Kartoffel.de‘ haben.“ Sie wandte sich wieder ihrem Monitor und ihrer Tastatur zu. „Jetzt muss ich mich konzentrieren.“
Damit betrachtete ich mich als entlassen und ging hinüber an meinen Arbeitsplatz, um dort meine eigenen Mails zu lesen. Ein paar Minuten später fing Limo an zu fluchen wie ein Rheinschiffer. „Verdammte Scheiße! Leck mich fett! Die Typen haben mich entdeckt und geblockt! Das nervt!“ Sie schlug mit der Faust auf ihren Schreibtisch.
„Was ist passiert?“
„Die ‚Heiße Kartoffel.de‘ hat eine sehr gute Antiviren-Software. Der Administrator hat mich bemerkt und aus dem System geschmissen. Jetzt wird es nichts mit Walter66.“
„Das nervt wirklich“, sagte ich. „Was machen wir nun? Kannst du vielleicht über seine E-Mail-Adresse seine Identität herausfinden?“
„Es ist eine GMX-Adresse. Die lässt sich beliebig anonym einrichten. Keine Ahnung, was wir machen können“, knurrte Limo verärgert. „So was ist mir schon lange nicht mehr passiert.“
Wir schwiegen eine Weile. „Okay“, sagte ich dann, „ich rufe Ariano an. Die geballte Staatsmacht kann mit Sicherheit dafür sorgen, dass die ‚Heiße Kartoffel‘ den echten Namen von Walter66 herausgibt, wenn sie ihn kennt.“
Als ich Ariano in der Leitung hatte und anfing, ihm von dem Stalker und der ‚Heißen Kartoffel‘ zu erzählen, unterbrach er mich sofort. „Hey Freddie, Limo hat uns gestern den Laptop einschließlich des Passworts geschickt. Denkst du denn, wir haben geschlafen? Natürlich sind

auch wir auf den Mann gestoßen. Spätestens heute Mittag haben wir seinen Namen und seine Adresse."

„Gut. Ich habe gestern der gynäkologischen Klinik an der Elbchaussee einen Besuch abgestattet und mit Kims Chefs und zwei ihrer Kolleginnen gesprochen. Sie hatte quasi keinen privaten Kontakt in der Klinik. Geredet hat sie nur mit einer Kollegin, der sie auch von dem Stalker erzählt hat. Das ist wohl dieser Walter66. Ansonsten hat mein Besuch nichts gebracht. Der Laden wirkt vollkommen harmlos."

„Hast du von einer Frauenklinik etwas anderes erwartet?", fragte Ariano.

„Eigentlich nicht. Trotzdem sollten wir ein Auge darauf haben. Dieser Dr. Clemens hat ein wenig zu schnell beteuert, glücklich verheiratet zu sein, als ich ihn gefragt habe, ob er Kim näher kannte."

„Erst mal konzentrieren wir uns auf Walter66. Es sieht ganz so aus, als sei das unser Mann!"

„Wahrscheinlich hast du recht. Habt ihr noch weitere ihrer Liebhaber identifizieren können?"

„Bisher nicht. Die DNA-Untersuchungen laufen, und drei meiner Leute befragen Kims Umfeld, aber bisher gibt es noch keine relevanten Erkenntnisse, außer Walter66."

„Melde dich, wenn ihr ihn habt."

„Ariano ist schon an Walter66 dran", rief ich Limo zu, nachdem ich aufgelegt hatte.

„Wie peinlich, dass wir das der Polizei überlassen müssen", antwortete sie.

„Ich habe nichts von deinem Misserfolg erzählt. Aber jetzt Schluss damit. Es gibt noch einige andere offene Fragen."

„Und zwar?"

„Ich wüsste gerne mehr über die Klinik."

„Wieso? Es sieht doch so aus, als hätten wir mit Walter66 unseren Mann?"

„Nur so ein Gefühl“, sagte ich.
Limo begab sich noch immer schmollend an die Arbeit, während ich mich mit Kims Dateien beschäftigte. Dabei machte ich unter ihren Lesezeichen im Firefox eine Entdeckung, die mich irritierte. Unter der Bezeichnung „HD“ konnte ich mir zunächst nichts vorstellen und war kurz davor, dieses Lesezeichen zu ignorieren. Aber dann klickte ich doch darauf und wurde freundlich auf der Seite der Hamburg-Dolls begrüßt. Dabei war sofort klar, dass es sich nicht um Barbie- oder Käthe-Kruse-Puppen handelte, sondern um eine exklusive Escort-Agentur. Neben der Abbildung einer verführerischen Blondine in hauchzarter Unterwäsche wartete der Schriftzug „Hier geht's zu den Escort-Damen“ darauf, angeklickt zu werden. Auf der nächsten Seite tauchte dann eine Galerie mit professionell fotografierten, zauberhaften, jungen Frauen in erotischen Posen auf, die alle gegen ein entsprechendes Honorar buchbar waren. Klickte man auf ein Foto, gelangte man auf die dazugehörige Set-Karte mit weiteren Abbildungen und Einzelheiten über die jeweilige Frau. Natürlich ist daran nichts Verwerfliches und erst recht nichts Illegales. Ich war nur verwundert, dass Kim diese Seite gespeichert hatte, weil die Zielgruppe doch eigentlich rein männlich ist.
„Hattest du die ‚Hamburg-Dolls‘ unter Kims Lesezeichen gesehen?“, fragte ich Limo.
„Nein, wieso?“
„Na ja, da geht es nicht um Puppen, sondern um eine Escort-Agentur. Warum speichert eine Frau so eine Seite ab? Das kommt mir merkwürdig vor.“
„Keine Ahnung, aber es passt irgendwie zu ihrem Lebenswandel. Vielleicht wollte sie als Callgirl arbeiten, sozusagen das Angenehme mit dem Nützlichen verbinden.“
„Das glaube ich nicht. Mit den Callgirls ist es wie mit den Fußballern. Das Verfallsdatum ist schnell erreicht. Über

dreißig gehören sie schon zum alten Eisen."
„Zum Glück gilt das nicht für Detektive", sagte Limo grinsend. „Pah, ... Männer!"
„Konntest du dir einen Überblick über ihre Bankkonten verschaffen?"
„Ja, aber es gibt keine echten Auffälligkeiten. Als Hebamme hat sie erstaunlich gut verdient und nicht viel ausgegeben. Es gibt die üblichen Abbuchungen wie Miete, Strom und Telefon. Die Barabhebungen sind überschaubar, auf großem Fuß hat sie nicht gelebt. Sie hatte einen Sparvertrag und eine fette Kapital-Lebensversicherung. Es ging ihr finanziell gut, eigentlich besser, als man es bei einer Hebamme erwartet."
„Ich hatte immer gedacht, Hebammen seien eher unterbezahlt", sagte ich.
„Eben. Das scheint jedoch nicht für diese Klinik zu gelten. Aber sie hatte eine leitende Position. Die meisten ihrer Kolleginnen verdienen deutlich weniger."
„Wer erbt?"
„Das weiß ich nicht. Man muss abwarten, ob es ein Testament gibt. Da sie keine Kinder hat, werden es wohl die Eltern sein."
„Die scheiden als Täter aus. Hast du inzwischen mehr über die Klinik herausgefunden?"
„Ja, aber nichts wirklich Verdächiges. Alles ist legal und unauffällig. Der Laden hat einen sehr guten Ruf sowohl als Geburtsklinik wie auch für Schwangerschaftsabbrüche. Tatsächlich arbeiten außer Dr. Clemens nur Frauen dort, nachvollziehbar, wenn man bedenkt, worum es geht."
„Das ist alles zu sauber, um wahr zu sein", sagte ich.
„Interessant sind die Besitzverhältnisse. Dr. Clemens gehören nur zehn Prozent, dem Vater von Dr. Wildmüller der ganze Rest. Es sieht so aus, als habe Daddy seiner kleinen Antje einen schönen Spielplatz gekauft. Aber es ist eine

gute Investition. Sie wirft einen ordentlichen Gewinn ab."
„Wie hast du das rausgekriegt?"
„Ich habe die Bilanz gelesen. Liegt alles auf dem mäßig gesicherten Server der Klinik."
„Wer ist denn der Vater von der Wildmüller?"
„Jetzt halt dich fest. Es ist der alte Kiezkönig Harald Humpe. Dr. Wildmüller ist sein uneheliches Kind." Limo lachte.
„Sieh da ... Hmmh. Aber das klingt interessanter, als es ist. Humpe ist inzwischen alt. Er wird immer solider, konzentriert sich auf legale Geschäfte abseits des Rotlichtmilieus, und sein Einfluss in der Szene schwindet. Man hört schon lange nichts mehr von ihm."
Das Telefon klingelte. Es war Ariano. „Walter66 heißt Feardorcha Posspechil und verkauft unten an der Großen Elbstraße Bedarf für Fischhändler.
„Wie heißt er mit Vornamen?"
„Feardorcha, F-e-a-r-d-o-r-c-h-a", buchstabierte Ariano.
„Merkwürdiger Name."
„Finde ich auch. Ich fahre gleich hin. Willst du mit?"
„Klar. Am besten, wir treffen uns dort."
„In einer halben Stunde."
„Okay."
Ich googelte den seltsamen Namen und gab ihn an Limo weiter, die sich sofort die Internetseite seiner Firma namens „Fischers Fritze" anschaute. Dort, an der Großen Elbstraße, wurden Fischfrischkisten aus Styropor mit Löchern für den Ablauf des Tauwassers, Thermolachsversandboxen mit und ohne Steg und weitere für den Fischhandel unverzichtbare Utensilien gehandelt, wie auf der Webseite zu lesen war. Das hörte sich nicht gerade spektakulär an und sagte nichts über den Mann. Bevor Limo sich weiter mit ihm befassen konnte, musste ich los.
Zehn Minuten später klemmte ich meinen Wagen in eine schmale Parklücke. Ariano war noch nicht angekommen.

„Fischers Fritze“ befand sich in einem der zweigeschossigen, flachen Bauten, die sich über ein paar Hundert Meter am Wasser entlangziehen. Auf dem Firmenschild lachte eine dralle, zufriedene Fischhändlerin in Finkenwerder Tracht mit rotem Halstuch und weißer Schürze und ein ebenso zufriedener Fisch, der sich freute, gut gekühlt in einer Styroporkiste von „Fischers Fritze“ zu liegen. Ich schaute über die Elbe. Das graue, brackige Wasser schlug nervös gegen die Kaimauer. Ein dicker Pott mit unfassbar vielen Containern wurde von einem heftig stampfenden Schlepperverband flussabwärts gezogen. Die gewaltigen Containerbrücken am gegenüberliegenden Ufer reckten sich wie Dinosaurier gegen den Himmel. Der Geruch von Hafen und Meer lag in der Luft. Hamburg, so wie ich es liebte. Kurze Zeit später traf auch Ariano ein, nutzte das Privileg eines Polizeibeamten im Einsatz und stellte seinen Wagen prall in der Ladezone vor dem Haus ab.
„Hallo Freddie, anscheinend sind wir dieses Mal in Rekordzeit erfolgreich.“
„Warten wir’s ab.“
Drinnen roch es zum Glück nicht nach Fisch. Die ältliche Dame im karierten, wadenlangen Faltenrock und Rüschenbluse am Empfang war zutiefst erschrocken, als Ariano ihr seinen Ausweis zeigte und nach Herrn Posspechil fragte. An ihrem Ringfinger funkelte ein auffälliger, dicker Ring mit dem keltischen Knoten.
„Worum geht es denn?“
„Wir haben nur ein paar Fragen“, antwortete Ariano ausweichend.
„Einen Augenblick, ich gehe ihn holen“, sagte sie und verließ den Platz hinter ihrem Schreibtisch.
„Seltsamer Name“, sagte Ariano.
„Das fand ich auch und habe ihn schnell gegoogelt. Feardorcha ist gälisch und bedeutet ‚dunkler Mann‘.“

„Warum geben Eltern in Hamburg ihrem Sohn einen solchen Vornamen?"
„Vielleicht eine familiäre Eigenart. Posspechil klingt jedenfalls nach einem Hugenotten. In Altona gibt es ziemlich viele davon. Schon 1686 wurde hier eine hugenottische Gemeinde gegründet. Das war eine der ersten Flüchtlingswellen. Alleine Preußen hat etwa 40.000 Refugies, wie sie sich selber nannten, aufgenommen."
„Ein gälischer Hugenotte? Donnerwetter, und wieso weißt du das noch? Der Geschichtsunterricht ist doch schon ewig her."
„Ich habe an der Uni mal an einem Seminar über Hugenotten in der Literatur teilgenommen."
„Na, wenn's dir bei der Wahrheitsfindung hilft."
Jetzt kam die Frau, die uns in Empfang genommen hatte, mit Feardorcha Posspechil im Schlepptau zurück. Der Mann war etwa vierzig Jahre alt und wirkte geradezu auffällig unauffällig. Er machte ein Gesicht wie ein beim Schummeln ertappter Schuljunge und schaute nervös von einem zum anderen.
„Was führt Sie denn zu uns?", fragte er, nachdem Ariano uns vorgestellt hatte.
„Eine private Angelegenheit. Vielleicht ist es besser, unser Gespräch in Ihrem Büro zu führen", sagte Ariano.
Jetzt wirkte er noch unruhiger, dabei schien er mehr Angst vor seiner Mitarbeiterin zu haben als vor uns.
„Was sagt Ihnen der Name Walter66?"
Seine Mitarbeiterin bekam lange Ohren.
„Sie haben recht. Gehen wir in mein Büro."
Er führte uns durch einen kurzen, dunklen Gang in ein enges, vollgestopftes Loch. Dies war also das Büro des Chefs. Viel Zeit schien er dort nicht zu verbringen.
„Woher haben Sie diesen Namen?"
„Wir stellen hier die Fragen."

„Das ist mein Nickname bei ‚Heiße Kartoffel.de'. Warum fragen Sie danach? Das ist wirklich sehr privat."
„Sie hatten dort Kontakt zu Medusa."
„Um Himmels Willen!" Er war blass geworden und setzte sich. „Was ist denn los? Hat sie sich über mich beschwert?"
„Das kann sie nicht mehr tun. Sie ist nämlich tot."
„Wir haben Medusas Mailverkehr gelesen. Sie haben die Frau regelrecht verfolgt und sind dabei ziemlich aggressiv geworden", sagte Ariano scharf.
Jetzt sah er wirklich entsetzt aus. „Tot?"
„Ermordet", bekräftigte ich.
„Mein Gott. Wie ist denn das passiert? Und warum?"
„Auf genau diese Frage haben wir uns von Ihnen Antworten erhofft."
„Sie denken doch nicht etwa, ich …"
„Wo waren Sie vorletzte Nacht zwischen Mitternacht und zwei Uhr morgens?"
„Zu Hause natürlich, im Bett. Ich habe geschlafen."
„Kann das jemand bezeugen?"
„Ja, meine Mutter."
„Wieso Ihre Mutter?"
„Ich wohne noch zu Hause."
„Aber Ihre Mutter hat nicht neben Ihnen im Bett gelegen, oder?", fragte ich.
„Natürlich nicht."
„Und wie kann sie dann bezeugen, dass Sie die ganze Nacht zu Hause waren und geschlafen haben?"
„Ich, äh, … nein, … das kann sie natürlich nicht."
„Sie haben Medusa bedroht", sagte Ariano.
„Hören Sie, was ich da geschrieben habe, war nicht so gemeint. Ich war verrückt nach ihr, und sie hat mich eiskalt abblitzen lassen. Ich habe mich geärgert. Deshalb bringe ich doch niemanden um."
„Gekränkte Eitelkeit?"

Er druckste verlegen herum. „Ich bin nicht eitel, im Gegenteil. Außerdem weiß ich nichts über sie, weder ihren Namen noch ihre Adresse und Telefonnummer. Wir haben nur über den Chatroom und E-Mails miteinander kommuniziert, und wir haben uns nur einmal getroffen." Er war knallrot geworden.
„Wo war das?"
„In einer Kneipe in Ottensen. Von dort sind wir in ein Hotel gegangen."
„Wieso nicht zu Ihnen?"
„Meine Mutter, äh, sieht es nicht so gerne, wenn ich Kontakt mit Ungläubigen pflege, und Medusa wollte mich nicht zu sich nach Hause mitnehmen."
„Und diese eine Begegnung hat gereicht, um sich in sie zu verlieben."
„Na ja, ‚verlieben' ist ein großes Wort, aber es stimmt. Die Nacht mit ihr hat mir sehr gut gefallen, anders herum war es wohl eine Enttäuschung, denn sie wollte mich nicht wiedersehen." Er senkte den Blick. „Wissen Sie, mit Frauen ist es so eine Sache", sagte er. „Es war das erste Mal, dass ich ... Meine Mutter mag es nicht, wenn ich jemanden von außerhalb kennenlerne ..., und die Frauen in unserer Gruppe sind ..., äh, anders. Dabei war mein Vater selbst ein Mann von draußen."
„Was für eine Gruppe?"
„Unsere Religionsgemeinschaft."
„Sie sind Mitglied einer Sekte", hakte ich nach.
„Sekte ist eine respektlose Bezeichnung für eine jahrtausendealte Religion", sagte Posspechil, „aber ja, man könnte uns eine Sekte nennen."
„Und welche Religion?"
„Taranis", rückte er jetzt endlich heraus. „Diesen Namen haben Sie wohl noch nie gehört."
„Selbstverständlich kenne ich den keltischen Gott Tara-

nis“, sagte ich und zitierte aus Marcus Annaeus Lucanus, Pharsalia: „‚Und ihr, von denen mit entsetzlichem Blut besänftigt wird der grausame Teutates, und auf wilden Altären die schrecklichen Esus und Taranis, nicht minder grausam ist der Altar der skythischen Diana‘. Ich wusste nur nicht, dass es noch immer Menschen gibt, die ihn kultisch verehren.“

„Taranis ist nie gestorben“, sagte Posspechil. „Aber so blutrünstig und grausam ist er nie gewesen. Im Gegenteil, er ist ein gütiger Bewahrer.“

Wie um ihn Lügen zu strafen, fiel in diesem Moment ein Aktenordner hinter ihm aus dem Regal und polterte zu Boden. Posspechil zuckte zusammen und wurde kreidebleich. „Sie wissen es“, stöhnte er. „Sie werden mich reinigen und bestrafen.“

„Wer weiß was?“, fragte Ariano.

„Meine Mutter und die Töchter der Göttin. Sie wissen jetzt, dass ich unrein bin.“

„Welche Töchter der Göttin?“, fragte ich nach.

„Die Frauen unseres Kults“, antwortete Posspechil.

Ariano bestellte ihn für den nächsten Morgen um 9 Uhr zum offiziellen Verhör und zur erkennungsdienstlichen Erfassung – Fingerabdrücke, Foto und DNA-Probe – ins Präsidium. Dann verabschiedeten wir uns.

„Unglaublich, was du alles weißt“, sagte Ariano, als wir draußen waren, „und unfassbar, was es alles gibt. Wir leben im 21. Jahrhundert, und noch immer beten Leute keltische Götter an.“

„Nicht nur keltische Götter, auch ägyptische, indianische oder germanische Mythen haben Hochkonjunktur. In unserer materialistischen und technisierten Welt lechzen die Menschen nach Sinn“, sagte ich.

„Glaubst du, dieser verklemmte Irre ist in der Lage, jemanden brutal zu erschlagen?“, fragte Ariano kopfschüttelnd.

„Die Kelten hatten einen besonders gewalttätigen Kult. Und muss ich dich daran erinnern, dass verschmähte Liebe eine der häufigsten Mordursachen ist? Vielleicht hat er versucht, sie zu missionieren, oder er hat ihn nicht hoch gekriegt, und sie hat ihn verhöhnt und er ist durchgeknallt? Jedenfalls hat er kein Alibi."
„Wenn wir seine Fingerabdrücke in Kims Wohnung nachweisen, haben wir ihn", sagte Ariano.
„Aber er kannte ihren Namen und die Adresse nicht, und hatte aufgehört, ihr nachzustellen", gab ich zu bedenken.
„Sagt er. Die Tatsache, dass er vor zwei Wochen aufgehört hat, ihr zu schreiben, kann auch bedeuten, dass er sie irgendwie aufgespürt und sie seither angerufen oder sogar besucht hat."
„Wir haben aber keine Anrufe von ihm auf ihrem Telefon."
„Dann hat er ein Prepaid-Handy benutzt. Davon gab es ja einige Anrufe."
„Hmmh. Die können von allen möglichen Leuten sein. Sie hat doch nicht nur mit ihm rumgemacht. Du hast doch ihren Mailverkehr gelesen. Hast du eigentlich schon eine Idee, wonach der Mörder in ihrer Wohnung gesucht hat?"
„Nein." Ariano schüttelte den Kopf.
„Nehmen wir mal an, es war Posspechil: Was könnte er gesucht haben?"
„Vielleicht hatte er ihr bei ihrem Rendezvous irgendetwas gegeben, das den Verdacht auf ihn lenken würde, zum Beispiel eine Visitenkarte oder Informationsmaterial über seine seltsame Religion, das er zurückhaben wollte, um nicht mit ihr in Verbindung gebracht zu werden", vermutete Ariano.
„Das kann ich mir nicht vorstellen. Warum reißt jemand die Matratze heraus und stülpt die Schubladen des Kleiderschranks um, wenn er eine Visitenkarte oder eine Info-Broschüre sucht? Und warum sollte sie die überhaupt

verstecken? Das macht doch keinen Sinn. Wenn er ihr überhaupt etwas in dieser Art gegeben hat, ist das Zeug längst im Müll gelandet. Sie wollte doch nichts mehr mit ihm zu tun haben. Außerdem muss ihm doch klar sein, dass ihre digitale Kommunikation jede Menge Spuren hinterlassen hat, die sich nicht mehr tilgen lassen."

„Ich weiß es nicht", antwortete Ariano, „jedenfalls muss er uns seinen Kontakt zu Kim minutiös erklären."

Feardorcha und seine Mutter Coira Posspechil wohnten ganz in der Nähe, in der Breiten Straße, nur wenige Hundert Meter entfernt vom Fischmarkt. Während Ariano zurück ins Präsidium fuhr, stattete ich Frau Posspechil spontan einen Besuch ab.

Die Frau war klein, spindeldürr und wirkte zäh wie altes Büffelleder. Ihr Gesicht war runzlig wie eine Walnuss, und die Haut auf ihren Händen sah aus wie auf die Knochen gemalt. Als sie die Wohnungstür öffnete, schlug mir eine unangehme Geruchsmischung aus Mottenpulver, Salbeitee und Gehwol-Fußsalbe entgegen. Wieder stellte ich mich als Polizist vor. Ihre Stimme quäkte wie der Lautsprecher eines alten Kofferradios und hörte sich schon vorwurfsvoll an, als sie nur „Guten Tag" sagte.

„Es geht um Ihren Sohn Feardorcha", sagte ich.

„Was wollen Sie von dem Jungen? Er ist in der Firma."

„Von dort komme ich."

„Hat er etwas angestellt?"

„Es geht um eine Mordermittlung."

„Das kann nur ein Irrtum sein. Mit so etwas hat mein Junge nichts zu tun." Sie wollte die Tür schließen.

„Er gibt Sie als Alibi an", sagte ich.

„Er hat nichts getan, er braucht kein Alibi", quäkte sie pikiert.

„Er behauptet, vorgestern den ganzen Abend hier mit Ihnen zu Hause gewesen zu sein."

„Das ist richtig. Aber was werfen Sie ihm vor? Wieso fragen Sie nach einem Alibi?“
„Eine Frau, die er im Internet kennengelernt hat und mit der er Sex hatte, ist ermordet worden. Er hat sie bedroht.“
Sie schüttelte entgeistert den Kopf. „Das hat er bestimmt nicht getan. Mit solchen Weibern hat er nichts zu schaffen. Und er ist enthaltsam. Er lebt in unserem Geiste und für die Töchter der Göttin.“
„Wohl nicht ganz so enthaltsam, wie Sie denken.“ Ich war froh, dass sie mich nicht in die Wohnung bat. Den Gestank hätte ich keine zehn Minuten ausgehalten.
„Was wollen Sie damit sagen? Er ist immer zu Hause und hat keinen Kontakt zu komischen Frauen“, sagte sie spitz.
„Was ist eigentlich mit seinem Vater? Wohnt er auch hier?“
„Gott behüte“, stieß sie hervor. „Das Schwein hat uns verlassen, als Feardorcha zwei Jahre alt war. Ich musste mich allein um die Firma und den Jungen kümmern. Aber ich war damals gewarnt worden, mich nicht mit Ungläubigen einzulassen, und habe nicht darauf gehört. Ich bin selbst schuld.“ Damit knallte sie mir die Tür vor der Nase zu.
Bei der Mutter wunderte es mich nicht, dass er ein gestörtes Verhältnis zu Frauen hatte, aber einen Mord traute ich ihm trotzdem nicht zu. Ich fuhr zurück in die Quaestoria, wo Limo mich neugierig erwartete.
„Ich kann mir nicht vorstellen, dass er das Zeug dazu hat, jemanden zu erschlagen“, sagte ich, „er hat mehr Angst als alles andere.“
„Wieso?“
„Er ist ein verklemmter, armer Wurm unter der Fuchtel einer unangenehmen Mutter und im Banne einer merkwürdigen, altertümlichen Sekte.“
„Dann solltest du dir das hier ansehen. Ich habe seinen Computer gehackt und die Chronik seines Internetbrowsers gelesen. Der Hammer.“

Ich umrundete den Schreibtisch, um auf ihren Monitor zu schauen.
„Das alles sind Seiten, die von seiner IP-Adresse regelmäßig aufgerufen werden." Sie zeigte mir eine ganze Reihe von Pornoseiten, die Videos zeigten, in denen Frauen auf die widerlichste Art gequält und gedemütigt wurden. „Er muss Frauen abgrundtief hassen und geilt sich an Schmerzen auf, und das nicht nur im Internet. Sieh her, diese Seiten von Huren und Callgirls hat er besucht."
„Warte mal." Ich hatte die Hamburg-Dolls in der Liste entdeckt. „Das hatte Kim doch auch abgespeichert. Kannst du herausfinden, ob er die Frauen, die sich dort anbieten, auch tatsächlich besucht hat?"
„Nur wenn er sich übers Internet angemeldet hat, und das tun die wenigsten."
Ich klickte weiter und ging auf die Scite mit dem vielsagenden Titel „Sklavin Alyssa: geiler, devoter Service". Was ich dort las, ließ mir die Haare zu Berge stehen. „Meine Güte, unfassbar, was Frauen für Geld mit sich machen lassen."
„Leck mich fett! Das ist ja kaum auszuhalten", sagte Limo. „Also wenn dein verklemmter, armer Wurm Dienste dieser Art in Anspruch genommen hat, dann ist er auch fähig, eine Frau zu erschlagen."
Ganz so ein artiger Junge war der gute Feardorcha wohl doch nicht, eher ein abartiger. Wie mochte es in ihm aussehen? Ich versuchte mich in Küchenpsychologie. Ein Leisetreter und Angstbeißer, von der Mutter gegängelt und in eine Sekte gezwungen, von Frauen dominiert und ständig zurückgesetzt. Er fühlt sich schlecht behandelt und blitzt bei Kim ab, nachdem er sich anfangs Hoffnungen gemacht hat. Wahrscheinlich hält er alle Frauen außer der Mutter und seinen Religionsgenossinnen für Schlampen, die bestraft werden müssen. Um Dampf aus dem Kessel

zu lassen und sein gebeuteltes Ego aufzubauen, benutzt er professionelle Huren, die er gegen Honorar quält und demütigt. Dass nicht einmal Kim, die es offenbar wahllos mit allen machte, sich weiter mit ihm einlassen wollte, musste ihn ungeheuer gekränkt haben. So sehr, dass er sie erschlagen hat? Das erschien mir jetzt doch nicht unplausibel. Ich beendete meine Spekulationen und rief Ariano an, um ihn auf die Porno- und Hurenwebseiten hinzuweisen. Sollte er doch sehen, was er daraus machte. Auf jeden Fall war es ein weiterer Punkt, mit dem er Feardorcha Posspechil, den dunklen Mann, beim morgigen Verhör unter Druck setzen konnte. Darüber hinaus wollte ich mich bei nächster Gelegenheit über diesen Taranis-Kult informieren. Mir fielen die Bücher auf Kims Nachttisch ein. Hatte sie sich nicht auch mit seltsamen, vorchristlichen Göttern oder Göttinnen beschäftigt? Hatte ihr Tod eventuell gar nichts mit Sex und enttäuschten Liebhabern zu tun, sondern stand im Zusammenhang mit unbekannten kultischen Handlungen? Die Lage wurde immer unübersichtlicher.
Posspechil war klar die Nummer eins in diesem Spiel, aber ich wollte mich noch nicht völlig auf ihn festlegen. Schließlich gab es noch Hinweise in andere Richtungen, denen nachgegangen werden sollte: die Klinik und die Hamburg-Dolls, weitere verschmähte Liebhaber oder betrogene Frauen. Hatte nicht Frau Dombrowski, Kims Nachbarin, von einer lautstarken Diskussion mit einer Frau gesprochen? Bei all diesen Ansätzen hatte es mir der glücklich verheiratete Dr. Clemens Clemens, der Hahn im Hebammenkorb, besonders angetan. Also fuhr ich wieder zu ihm in die Praxis.
Frau Steif-Staubtrocken am Empfang erkannte mich natürlich sofort wieder.
„Ich muss noch einmal mit Dr. Clemens sprechen“, sagte ich kurz angebunden.

„Der Doktor behandelt gerade. Sobald er frei ist, sage ich ihm, dass Sie da sind. Nehmen Sie doch so lange im Warteraum Platz."

Dagegen war nichts zu sagen. Der Wartebereich war gut besetzt. Natürlich war ich der einzige Mann ohne weibliche Begleitung. Zwei meiner Geschlechtsgenossen waren im Schlepptau ihrer dickleibigen Partnerinnen. Während der eine Mann sich geradezu rührend übertrieben um seine Frau kümmerte, ihr Wasser und Zeitschriften holte und ihr immer wieder den Bauch streichelte, saß der zweite Mann eher gelangweilt neben seiner Frau. Dieses Paar unterschied sich auch äußerlich von den anderen Wartenden, die eher informell und bequem angezogen waren. Die schwarzhaarige Schönheit war perfekt geschminkt und gekleidet, als ginge sie in die Oper und nicht zu einer gynäkologischen Untersuchung. Dasselbe galt für ihren Mann, einen kräftigen Typen, der in seinem dunklen Anzug mit Schlips und Kragen an diesem Ort irgendwie deplatziert wirkte. Sie schwiegen sich an und starrten in die Luft. Überkandidelte, neureiche Blankeneser, urteilte ich und fand alle meine Vorurteile bestätigt.

Ich hatte einige der Frauenzeitschriften durchgeblättert und mich, was Mode, Style, Must-Haves und No-Gos betraf, auf den neuesten Stand gebracht, als Dr. Clemens mich persönlich abholte und in sein Büro führte.

„Ich nehme an, es gibt Neuigkeiten", sagte er, „sonst wären Sie nicht so schnell wieder hier."

„Wir haben eine große Menge nicht identifizierter Fingerabdrücke und DNA-Material in der Wohnung von Frau Wozniak gefunden", sagte ich, „jeder, der mit ihr in Kontakt stand, wird eine DNA-Probe und seine Fingerabdrücke als Vergleichsmaterial abgeben müssen."

„Und dann eventuell in Erklärungsnotstand geraten", schloss Clemens.

„Das heißt, es wäre ratsam, gleich offensiv damit umzugehen“, merkte ich an. „Das kommt immer besser an, als anfangs zu lügen und erst, wenn es nicht mehr anders geht, in kleinen Happen mit der Wahrheit herauszukleckern.“
„Möglicherweise.“ Er dachte einen Moment nach. Ich konnte ihm ansehen, wie er mit sich rang.
„Also gut“, sagte er dann mit schuldbewusstem Gesicht. „Sie finden es vermutlich ohnehin heraus. Ich war am Montagabend bei ihr. Wir hatten Sex, aber sie war noch quicklebendig, als ich gegen 20 Uhr gegangen bin.“ Er trommelte nervös mit den Fingern auf der schellackpolierten Platte seines Jugendstil-Schreibtischs. „Es ist nicht so, dass wir ein Verhältnis hatten. Es ging nur um das Eine. Mehr wollten wir nicht voneinander. Kann man das irgendwie unter dem Deckel halten? Nicht auszudenken, wenn meine Frau davon erfährt. Deshalb habe ich es bei Ihrem ersten Besuch nicht erwähnt. Auch meine Kollegin weiß nichts davon.“
„Es geht um eine Mordermittlung, und Sie haben sich soeben erfolgreich in die Rolle des Hauptverdächtigen katapultiert. Da wird es schwer, irgendetwas unter dem Deckel zu halten.“
„Verdammt. Hätte ich bloß die Finger von der Frau gelassen, aber es war verdammt schwer, ihr zu widerstehen. Sie hat es geradezu darauf angelegt. Wenn sie einen Mann wollte, dann hat sie ihn auch bekommen.“
„Das fällt mir schwer zu glauben. Eigentlich hat doch jeder die Möglichkeit, Nein zu sagen.“
„Nun seien Sie nicht so moralisch. Wenn ich Ihnen erzählen würde, was sie gemacht hat ...“
„Das will ich gar nicht wissen. Hat jemand hier in der Klinik etwas gemerkt?“
„Ich hoffe nicht. Wir haben alles dafür getan, dass niemand etwas mitkriegt. Nur beim allerersten Mal haben

wir es hier gemacht. Das war so eine Art Boris-Becker-Wäschekammer-Nummer. Seither sind wir immer zu ihr gefahren."

„War sie am Montagabend anders als sonst? Ich meine, war sie aufgeregt oder ängstlich, hat ihr etwas auf der Seele gelegen?"

„Sie hat nichts gesagt."

„Aber Sie haben doch bestimmt mitgekriegt, in welcher Stimmung sie war."

„Auch wenn das jetzt nicht gerade schmeichelhaft für mich ist. Ich bin hingefahren, wir hatten schnellen Sex, und ich bin wieder abgehauen. Meine Frau hat mit dem Essen auf mich gewartet. Das Ganze hat keine halbe Stunde gedauert."

„Was für eine widerliche Geschichte", sagte ich entsetzt. „Das spricht wirklich nicht für Ihren Charakter."

„Seien Sie doch nicht so moralisch. Kim war doch genauso. Sie hat sich nicht schlecht damit gefühlt. Wir wollten beide dasselbe, schnellen, unverbindlichen Sex."

Nach allem, was ich bisher über meine alte Freundin gehört hatte, stimmte das wohl. „Das heißt immerhin, dass Sie ein Alibi für die Tatzeit haben. Sie waren mit Ihrer Frau zusammen."

„Wann war denn die Tatzeit?"

„Zwischen Mitternacht und zwei Uhr."

„Da habe ich längst im Bett gelegen. Das wird meine Frau Ihnen bestätigen."

„Wie ist das eigentlich hier in Ihrer Klinik? Fließen auch esoterische Aspekte in die Behandlung mit ein?"

„Was meinen Sie mit esoterischen Aspekten?"

„Ich weiß es nicht. Bei Frau Wozniak haben wir Bücher mit esoterischen Themen bezüglich ihrer Tätigkeit als Hebamme gefunden. ‚Hebammen, weise Frauen, Hexen' lautete zum Beispiel ein Titel."

„Nein. Sicher bevorzugen auch wir natürliche Behandlungsweisen wie auch die natürliche Geburt, aber grundsätzlich sind wir schulmedizinisch ausgerichtet. Von diesem modischen Hokuspokus halten wir nichts. Und diese Auffassung vertrat ganz klar auch Frau Wozniak. Da bin ich vollkommen sicher. Was sie in ihrer Freizeit gemacht hat, weiß ich nicht."
„Das war es erst mal. Wegen der Fingerabdrücke und der DNA-Proben werden die Kollegen sich bei Ihnen melden. Es war richtig von Ihnen, mit offenen Karten zu spielen."
Ich verabschiedete mich, hielt aber in guter, alter Columbo-Manier mit der Türklinke in der Hand noch mal inne, bevor ich seinen Raum verließ. „Ach ja, eines fällt mir noch ein. Kennen Sie die ‚Hamburg-Dolls'?"
Clemens schien kurz nachzudenken. „Nein. Was ist das?"
„Vergessen Sie es", antwortete ich und zog die Tür hinter mir zu.
Außen hui, innen pfui! Kein Wunder, dass der Mann mir von Anfang an nicht besonders sympathisch war. Bumst eine Mitarbeiterin, während seine Frau mit dem Essen auf ihn wartet. Das klang nicht gerade sensibel. Gleich neben seinem Raum hatte Antje Wildmüller ihr Büro. Ich klopfte und wurde hereingebeten.
„Herr Nietsch. Wie kann ich helfen?"
„Haben Sie Ihrer Aussage über Frau Wozniak vielleicht auch noch etwas hinzuzufügen?"
Sie sah mich irritiert an. „Was meinen Sie?"
„Herr Clemens hat mir gerade erzählt, dass er am Mordabend bei Kim war und Geschlechtsverkehr mit ihr hatte."
„Was? Das kann ich nicht glauben." Sie sah mich entsetzt an.
„Dann fragen Sie ihn doch selbst."
„Das werde ich tun", antwortete sie. „Aber von mir werden Sie ein solches Geständnis nicht hören."

„Das habe ich auch nicht erwartet, aber vielleicht hatte sie ja Sex mit Ihrem Mann."
„Ich bin alleinstehend, und das ist auch gut so. Zu viel Arbeit im Moment."
„Wie ist eigentlich das Verhältnis zu Ihrem Vater? Mischt er sich oft in Ihr Leben ein?"
„Das wissen Sie also auch schon. Na ja, kein Geheimnis währt ewig. Er hält sich vollkommen aus unserem Tagesgeschäft heraus. Was sollte er dabei auch tun? Schließlich ist er kein Gynäkologe. Ich hoffe, Sie nehmen mich nicht in Sippenhaft und schließen von dem Ruf, den er früher genossen hat, auf mich und die Klinik."
„Nein, warum sollte ich das tun? Eine Praxis für Gynäkologie ist kein Bordell, und woher das Geld stammt, das er hier investiert hat, kann Ihnen nicht angelastet werden."
„Halten Sie sich zurück, Herr Nietsch. Meinem Vater ist nie etwas Strafbares nachgewiesen worden. Sie wollen doch nicht wegen übler Nachrede in Schwierigkeiten geraten."
„Schon gut", sagte ich und verabschiedete mich. Auf dem Weg zum Auto rief ich Ariano an, um Bericht zu erstatten.
„Aber die Pathologin hat kein frisches Sperma in oder an Kim nachgewiesen", sagte Ariano.
„Dann hat Clemens wahrscheinlich ein Kondom benutzt."
„Wir haben aber kein benutztes Kondom gefunden", wandte Ariano ein.
„Das ist dann seltsam. Glaubst du, er hat es mitgenommen, als er gegangen ist?"
„Das halte ich für unwahrscheinlich. Warum sollte er das tun, zumal er heim zu seiner Frau fuhr? Da kommt ein benutztes Kondom in der Jackentasche nicht gut an."
„Vielleicht hat er es im Klo runtergespült, zum Fenster rausgeworfen oder meinetwegen aufgegessen, irgendwo muss es geblieben sein."

„Sehr witzig. Was ist, wenn Clemens lügt und er gar keinen Sex mit Kim hatte?“
„Das wäre doch völlig unlogisch. Er handelt sich jede Menge Ärger mit diesem Geständnis ein. Seine Frau wird ihm die Hölle heiß machen, und seine Partnerin, Frau Wildmüller, war auch nicht begeistert, als ich ihr davon erzählt habe.“
„Du hast recht, das ist Quatsch.“
„Ich fahre jetzt zu Harald Humpe.“
„Was willst du denn von dem? Was hat Humpe mit Kim zu tun?“
„Keine Ahnung. Er ist der Vater von Antje Wildmüller. Ihm gehören neunzig Prozent der Klinik. Also ist er quasi der Arbeitgeber von Kim.“
„Oha. Was für eine Überraschung. Woher weißt du das?“
„Limos Künste. Sie kann sich inzwischen frei auf dem Server der Klinik bewegen.“
„Ihr wisst, dass das illegal ist, aber trotzdem: alle Achtung!“
Humpe, der sein Vermögen mit Immobilien, Bars und Bordellen auf dem Kiez gemacht hatte, wohnte in einer sehr großzügig angelegten Othmarschener Villa am hinteren Ende der Bernadottestraße. Der weiße Bau aus den Neunzigerjahren lag in einem großen Garten und wirkte bis ins letzte Detail teuer. Ich parkte mein Bötchen auf der hauseigenen Auffahrt, die zu einer Doppelgarage führte, und läutete an der schneeweißen Haustür. Es dauerte nicht lange, bis eine perfekt gestylte Hausangestellte in schwarzem Rock und weißer Bluse öffnete.
„Guten Tag, ich möchte zu Herrn Humpe“, sagte ich und gab ihr meine Karte.
„Sie sind nicht angemeldet, Herr Nietsch?“
„Nein, aber sagen Sie ihm, es geht um seine Klinik in Blankenese.“

„Wenn Sie sich bitte einen Moment gedulden." Sie schloss die Tür und ließ mich draußen stehen.
Ich musste nicht lange warten, bis erneut geöffnet wurde, dieses Mal von einem höflichen, stiernackigen Kleiderschrank im dunklen Anzug. „Der Chef erwartet Sie, Herr Nietsch. Tragen Sie eine Waffe?"
„Nein." Meine Glock lag warm und trocken in der Quaestoria. Nur wenn es unbedingt sein musste, lief ich bewaffnet herum.
„Sie erlauben." Er tastete mich professionell ab. „Alles okay."
Ich folgte ihm durch das sehr weitläufige Haus. Es gab keinen Flur, sondern ein Raum ging in den nächsten über. Alles war sehr repräsentativ angelegt und eingerichtet, mit viel Glas, Marmor und edlen Tropenhölzern. Ich vermutete, dass die privaten Räume gemütlicher warcn, aber die befanden sich anscheinend im Obergeschoss.
Der stolze Besitzer dieses Palazzo Prozzo erwartete mich Zigarre rauchend im Salon. Dieser lag unmittelbar neben einem Swimmingpool olympischen Formats, der von lebensgroßen Nachbildungen antiker Marmorstatuen umgeben war und wie alles andere hier dem krassen Missverhältnis von viel Geld und wenig Geschmack deutlichen Ausdruck verlieh.
Humpe trug einen orientalisch anmutenden Hausmantel. Er stand auf und begrüßte mich mit jovialem Lächeln. „Herr Nietsch, es freut mich, Sie endlich persönlich kennenzulernen. Ich habe schon viel von Ihnen gehört." Der weißhaarige Alte wirkte noch immer fit. Dieser Mann hatte über Jahrzehnte mit eiserner Hand den Kiez beherrscht. Er hatte es immer geschafft, die Balance zwischen Halbwelt und Prominenz zu halten, sich zwischen legalen Geschäften und Zuhälterei, Drogenhandel und Geldwäsche zu bewegen, ohne sich selbst die Finger schmutzig zu machen.

Sogar den einen oder anderen Mordauftrag hat man ihm nachgesagt, ohne dass man ihm jemals etwas nachweisen konnte. Neuerdings traf man ihn sogar als großzügigen Spender auf Wohltätigkeitsveranstaltungen.
„Ganz meinerseits. Man hat nicht jeden Tag die Gelegenheit, einer lebenden Legende die Hand zu schütteln."
„Danke, aber übertreiben Sie mal nicht." Er bot mir Platz und eine Zigarre an und schickte seinen Mitarbeiter fort.
„Ich bin Nichtraucher, danke."
„Überlegen Sie es sich. Das sind ganz ausgezeichnete Zigarren, Direktimporte aus der Dominikanischen Republik, besser als jede Havanna. Hatte den Tipp damals von Rudi Assauer."
„Trotzdem danke."
„Ist auch gesünder, aber ich werde es wohl nicht mehr schaffen, mir dieses Laster abzugewöhnen."
„Ein Mann braucht ein Laster. Meines ist der Rotwein."
„Eine kluge Weltsicht, Herr Nietsch."
Wir plauderten ein wenig über Wein und Zigarren, dann kam ich zum Thema. „Sie wissen, warum ich gekommen bin?"
„Ich nehme an, es geht um den tragischen Tod der Mitarbeiterin meiner Tochter. Antje hat mir davon erzählt."
„Ja. Ihnen gehören neunzig Prozent der Klinik. Insofern sind Sie der eigentliche Arbeitgeber von Frau Wozniak."
„Sie werden Ihrem Ruf in der Branche gerecht. Es war aus gutem Grund ein Geheimnis, dass Antje meine Tochter ist und dass ich in ihre Klinik investiert habe. Wie haben Sie es so schnell geknackt?"
„Fleißige Recherche, mehr möchte ich dazu nicht sagen, auch aus gutem Grund. Warum haben Sie Ihre Tochter geheim gehalten?"
„Sie wissen doch, dass ich früher viele Feinde hatte und mir eine Menge dummes Zeug angedichtet wurde. Es

hätte Antje und ihre Mutter unnötig in Gefahr gebracht. Und zugegeben: Ich habe mich viele Jahre nicht gut um sie gekümmert. Eine Familie hat lange Zeit nicht in mein Leben gepasst. Das hat sich erst jetzt im Alter geändert. Außerdem ist die Gefahrenlage geringer, seitdem ich im Ruhestand bin."

Ich schaute ihn skeptisch an. Den Ruhestand nahm ich ihm nicht ab. Sicher, auf St. Pauli spielte er keine Rolle mehr, aber ein Mann wie Humpe setzte sich frühestens auf dem Friedhof zur Ruhe.

„Sie sind verheiratet?"

„Ja, seit einem Jahr. Aber nicht mit Antjes Mutter."

„Wie sieht eigentlich Ihr Umgang mit der Klinik aus? Sind Sie manchmal dort?"

„Nein, allenfalls begleite ich meine Frau zu Untersuchungen, die sie natürlich von Antje durchführen lässt. Das Tagesgeschäft überlasse ich voll und ganz meiner Tochter und Dr. Clemens."

„Das funktioniert ja auch gut, wenn ich an die Umsatzzahlen denke."

Er runzelte die Stirn. „Die kennen Sie auch? Herr Nietsch, Sie werden mir langsam unheimlich. Vielleicht sollte ich Sie mit dem Schutz meiner Privatsphäre beauftragen?"

„Danke für das Kompliment, aber Sie brauchen nur eine bessere Firewall für Ihre Computer."

„Diesen modernen Mist fasse ich gar nicht erst an. Das überlasse ich den jungen Leuten."

„Das kann ein Fehler sein."

„Früher vielleicht, aber heute habe ich nicht mehr viel zu verbergen."

„Sie kannten Frau Wozniak also nicht persönlich?"

„Vielleicht bin ich ihr mal begegnet. Jetzt enttäuschen Sie mich aber, Herr Nietsch. Sie vermuten doch nicht ernsthaft, dass ich etwas mit dem Tod dieser Frau zu tun habe?"

„Nein. Ich will mir nur ein Gesamtbild machen." Ich stand auf. „Vielen Dank für das Gespräch."
Humpe schüttelte mir die Hand. „Kommen Sie jederzeit wieder, wenn Sie noch Fragen haben oder einen Job suchen."
Ich konnte mir wirklich nicht vorstellen, dass der Kiezkönig Kim erschlagen hat. Hätte er sie wirklich umbringen wollen, er hätte sicherlich eine elegantere Lösung gefunden und die Leiche auf Nimmerwiedersehen mit Beton an den Füßen in der Elbe versenkt.
Bevor ich am Abend schlafen ging, schaute ich mir die Hamburg-Dolls noch einmal an. Wieso hatte Kim sich diese Seite gemerkt und war es tatsächlich ein Zufall, dass auch Feardorcha Posspechil sich dafür interessierte? Eigentlich glaubte ich nicht an Zufälle. Die Agentur saß in der Isestraße. Die jungen Frauen wirkten eher seriös und nicht wie Huren. Das Angebot reichte von einfacher Begleitung zu Anlässen aller Art bis zu Sexdienstleistungen jedweder Neigung. Zahlten Männer wirklich Superpreise, um sich zum Essen oder in die Oper begleiten zu lassen? Was waren das für Leute? Mir mangelte es schlicht an Erfahrung in diesen Dingen. Ich war kurz versucht, mit einer der Escorts einen Termin zu buchen, entschied mich jedoch dagegen. Lieber wollte ich am nächsten Tag hinfahren und mit dem Chef oder der Chefin reden. In der Nacht träumte ich von Kim und einer der Escort-Ladys. Sie buhlten um mich und gingen dann aufeinander los, kratzten sich die Augen aus, brachen sich gegenseitig Arme und Beine und fügten sich immer mehr schwere Verletzungen zu, bis sie aussahen wie Goldie Hawn und Meryl Streep in „Der Tod steht ihr gut".

4

Am nächsten Vormittag fuhr ich in die Isestraße, wie immer bei solchen Gelegenheiten unangemeldet. Am Telefon wurde man leichter abgewimmelt als an der Tür. Das Büro der Agentur befand sich im ersten Stock eines ganz normalen Wohnhauses. Warum auch nicht? Publikumsverkehr war wohl eher selten, die Kundschaft verkehrte eher im Hotel oder zu Hause. Die verschnörkelte Jugendstil-Haustür war offen. Über eine breite Marmortreppe gelangte ich ins Hochparterre. Dort gab es einen altertümlichen Aufzug, eine kleine Kabine aus poliertem dunklen Holz, die in einer Art Drahtkäfig quietschend und ächzend im Schneckentempo aufwärts schlich. Es roch nach Jahrhundertwende und Tradition, nach altem Eisen, Bohnerwachs und Möbelpolitur. Tatsächlich handelte es sich bei meinem Ziel ja auch um das älteste Gewerbe der Welt, nur eben in einer zeitgenössischen Variante. Huren wie auch Hebammen hat es schon immer gegeben. Ich verzichtete auf die Beförderung und stieg mit schwungvollen Zwei-Stufen-Schritten die gebohnerte Holztreppe hinauf. Im ersten Stock klingelte ich an der Tür mit dem „HD“-Schild in verspielten goldenen Lettern.

Eine ganze Weile passierte nichts. Ich drückte erneut den Klingelknopf, dieses Mal etwas energischer. Gerade als ich in dem Glauben abdrehen wollte, dass im Escort-Gewerbe um diese Zeit am frühen Vormittag nicht gearbeitet wurde, hörte ich, wie sich hinter der Tür Schritte näherten. Eine schlicht gekleidete, ältere Dame öffnete und schaute mich fragend an. „Warum so ungeduldig, junger Mann?“ Die Frau mochte im besten Rentenanwartsalter sein, etwa Mitte sechzig. Sie war grauhaarig, schlank und hatte ein zwar faltiges, aber noch immer attraktives Gesicht, Typ

Inge Meysel. Etwa so könnte auch Marilyn Monroe aussehen, hätte sie dieses Alter erreicht und auf Botox, Schönheitsoperationen und Haarefärben verzichtet.
Ich stellte mich vor und gab ihr meine Karte. Ihre Finger waren schwer goldberingt, die gepflegten Nägel zartrosa lackiert. Sie wirkte sehr gelassen, schaute auf die Karte, dann in mein Gesicht.
„Und was führt Sie zu mir?"
„Ich bin hier doch richtig bei den ‚Hamburg-Dolls'?"
„Ja", war die knappe Antwort.
„Und Sie?" Ich war ein wenig irritiert.
„Ich bin die Chefin, die Puffmutter würden manche Leute sagen. Sie reden von meiner Firma." Ihre Stimme war rau wie die der alten Knef.
Offenbar hatte die Frau auch noch Humor. „Haben Sie einen Moment Zeit für mich? Ich ermittle in einem Mordfall."
Jetzt wirkte sie doch erschrocken. „Hat eines meiner Mädchen damit zu tun?"
„Wollen wir nicht lieber drinnen reden? Das Thema geht Ihre Nachbarn doch nichts an."
„Pardon, Sie haben natürlich recht. Kommen Sie herein."
Sie führte mich in einen sparsam mit Antiquitäten möblierten Raum mit Stuckdecke und Fenstern zur Straße. Draußen fuhr gerade laut schnarrend die U-Bahn vorbei, die hier überirdisch auf Stelzen verkehrt. „Das Büro ist hier vorne", erklärte sie, „in den hinteren Zimmern wohne ich. Dort ist es ruhiger."
Eine geöffnete Flügeltür führte zum größeren Nebenzimmer, in dem ich einen Schreibtisch mit diverser Bürotechnik, Computer und Telefonanlage erspähte. Wir setzten uns auf vergoldete, mit blaublütigem Brokat bezogene Stühle an ein rechteckiges Louis-Quinze-Tischchen mit Dackelbeinen.

„Ein Mordfall", sagten Sie, „wie schrecklich. Wie kann ich helfen?"
„Wir haben bei dem Opfer Hinweise auf Ihre Agentur gefunden", sagte ich. „Wie ist eigentlich Ihr Name?"
„Alle nennen mich Frida."
„Frida …?"
„... Kahlo."
Okay, also „Frida". Offenkundig wollte sie ihren Namen nicht preisgeben.
„War es einer unserer Kunden? Ist einem meiner Mädchen etwas zugestoßen? Oh Gott. Das wäre ja furchtbar." Sie griff nach einer schlanken Zigarettenspitze, steckte eine Zigarette hinein und zündete sie an. Dann inhalierte sie tief und blies den Rauch in Richtung der Zimmerdecke
Sie hatte offensichtlich keine Ahnung. „Ich glaube nicht. Das Opfer ist eine Hebamme. Und diese Frau hatte die Webseite der Hamburg-Dolls gespeichert. Das kam uns merkwürdig vor, gehören doch Frauen eher nicht zu Ihren Kunden."
„Stimmt, das geschieht ziemlich selten. Wollte sie sich vielleicht bei uns bewerben? Wie ist ihr Name?"
„Kim Wozniak", sagte ich.
„Wozniak, hmmh, nein, den Namen habe ich noch nie gehört. Haben Sie ein Foto?"
Ich zog das Bild, welches ich aus Kims Wohnung hatte mitgehen lassen, aus der Tasche. Frida studierte es einen Moment. „Diese Frau kenne ich nicht, und ich glaube kaum, dass sie sich bei uns bewerben wollte. Dazu ist sie nämlich zu alt. Ich fürchte, ich kann Ihnen nicht helfen."
„Gehört ein gewisser Feardorcha Posspechil zu Ihren Kunden?"
Sie zog die Nase kraus. „Also wissen Sie, Herr Nietsch. In unserer Branche ist Diskretion eine der wichtigsten Tugenden. Keine Angaben zu unseren Klienten. Wir spei-

chern auch keinerlei Kundendaten. Das gehört sich nicht."
„Aber Sie haben eine Liste mit den Namen und Adressen Ihrer Mädchen?"
Sie lachte. „Natürlich. Aber Sie erwarten doch nicht, dass ich diese an Sie weitergebe."
„Wohl eher nicht." Ich hatte inzwischen den Eindruck, dass mein Besuch bei HD nirgendwohin führen würde.
„Okay", sagte jetzt Frida, „ich mache Ihnen einen Vorschlag. Ich kopiere das Foto und zeige es meinen Mädchen. Wenn eine von ihnen etwas dazu sagen kann, schicke ich sie zu Ihnen."
„Dafür wäre ich sehr dankbar."
Sie stand auf, ging in den Nebenraum und kopierte das Bild. Dann gab sie mir das Original zurück.
„Wie viele Mädchen arbeiten eigentlich für ‚Hamburg-Dolls'? Ich bin einfach neugierig."
„Ich habe etwa vierzig Frauen in der Kartei, aber nicht alle sind ständig einsatzbereit. Wir übernehmen nur die Vermittlung und die Abrechnung, bekommen dafür eine Provision. Mehr werde ich Ihnen jetzt aber nicht erzählen."
Das musste auch nicht sein. Ich war sicher, dass es für Limo ein Leichtes wäre, weitere Informationen aus dem Rechner der Agentur zu kitzeln. Also verabschiedete ich mich von der freundlichen, aber undurchsichtigen Mama-San und fuhr zurück in die Quaestoria.
Meine Mitarbeiterin machte gerade eine Pause. Sie hatte die Füße in den schwarzen Waldbrandaustretern auf ihren Tisch gelegt und trank pechschwarzen Kaffee aus ihrem Alien-Sex-Fiend-Becher.
„Hast du eigentlich Zugriff auf den Rechner der Hamburg-Dolls?"
„Bisher nicht, aber das ist bestimmt nicht schwer."
„Sieh dich ein bisschen dort um."
„Wonach soll ich suchen?"

„Vor allem nach Namen, Namen von Mitarbeiterinnen und Kunden. Angeblich gibt es keine Kundenkartei, aber das kann ich kaum glauben. Außerdem hat doch jeder, der übers Internet gebucht hat, Spuren hinterlassen."
„Okay, Chef. Aber meinen Kaffee darf ich noch austrinken, oder?"
„Meinetwegen auch zwei", sagte ich und ging hinüber in mein Büro, um mich an meinen Schreibtisch zu setzen und meine Gedanken zu sortieren.
Was wusste ich? Kim pflegte einen sehr freizügigen Lebensstil mit stetig wechselnden Liebhabern. Auch vor verheirateten Männer schreckte sie nicht zurück. Sie hatte sich bedroht gefühlt und war erschlagen worden. Bisher gab es zwei Verdächtige: Der eine war der Stalker Feardorcha Posspechil, Mitglied einer Sekte, die einem keltischen Kult anhing. Er hatte sie über das Internet verfolgt und bedroht, allerdings ohne ihren echten Namen und ihre Identität zu kennen. Der zweite war Dr. Clemens Clemens, einer ihrer zwei Chefs, der ohne Wissen seiner Frau ein sexuelles Verhältnis mit Kim unterhielt und am Mordabend in ihrer Wohnung war. Seine Frau gab ihm für die Tatzeit ein Alibi, wobei Alibis von nahen Angehörigen immer fragwürdig sind. Der Hauptinhaber der gynäkologischen Klinik war der ehemalige Kiezkönig Harald Humpe, Vater von Dr. Antje Wildmüller, die gemeinsam mit Clemens die Klinik betrieb. Die Beteiligung von Humpe und Clemens Verhältnis mit dem Opfer waren die einzigen Auffälligkeiten, die ich aufseiten der Klinik gefunden hatte. Allerdings hatte Humpe sich in den letzten Jahren verstärkt legalen Geschäften zugewandt, insofern war das wohl nicht von Bedeutung.
Merkwürdig war, dass Kim die Internetadresse der Hamburg-Dolls auf ihrem Computer gespeichert hatte, obwohl es offenbar nie zu einem persönlichen Kontakt gekom-

men war. Auch Posspechil hatte diese Seite besucht. So erschien es mir sinnvoll, die Callgirl-Agentur weiter unter die Lupe zu nehmen. Noch immer wusste ich diesen Fischdosenhändler nicht einzuschätzen. Was hatte seine Mutter gesagt? Er würde sich von „Ungläubigen“ fernhalten und sich nicht mit Frauen von „außen“ einlassen.
Ich fing an, im Internet nach keltischen Göttern und Religionen zu suchen. Häufig war die Rede davon, dass die Kulte der Kelten als besonders grausam überliefert waren. Dabei ist sogar von Menschenopfern die Rede. Menschen wurden rituell verbrannt oder abgeschlagene Köpfe als Opfer dargebracht. Knochenfunde an keltischen Opferstätten der Frühzeit wie auch antike Berichte aus dem ersten Jahrhundert vor Christus zeugen von entsprechenden Handlungen. Brand- und Schnittspuren an menschlichen Knochen in Schacht- und Spalthöhlen Oberfrankens belegen, dass hier Frauen, Männer und Kinder im Rahmen religiöser Handlungen geopfert und anschließend vielleicht auch rituell verspeist wurden. Es erschien mir allerdings unvorstellbar, dass solche Rituale wieder auflebten. Andererseits fanden der Wicca-Kult und Neodruidentum in neuerer Zeit tatsächlich eine gewisse Verbreitung, aber die haben sicher nichts mit blutrünstigen archaischen Riten zu tun. Darüber hinaus gab es die Reichs-Groß-Loge des Deutschen Druiden-Ordens, den Internationalen Druiden-Orden, eine Freimaurergruppe mit uralter Tradition, und es gab ungezählte gesund esoterische bis vollkommen spinnerte Kleingruppen, die an Hexen, Geister und Naturgötter glaubten. Einer der letzteren schien Posspechil anzugehören.
Ich fand sogar die Seite einer „Keltensiedlung in der Oberpfalz“, deren Mitglieder einer archaischen Form des Patriarchats anhingen. Die Frauen waren Allgemeingut im Besitz aller Männer, waren in „Freie“, „Entrechtete“ und

„Rechtlose“ aufgeteilt und mussten allen Männern der Gemeinschaft zu Willen sein. Das war so krass, dass ich geneigt war, an Satire zu glauben, aber anscheinend meinten diese Leute es ernst. Teilweise lappte das Ganze bis in den Rechtsextremismus völkischer Esoterik. Inzwischen erschien es mir doch wichtig herauszufinden, was die Gruppe um Posspechil und seine Mutter im Schilde führte. Seufzend klickte ich das ganze Zeug weg. Im Grunde war ich noch keinen Schritt weitergekommen. Ob Ariano das Verhör von Posspechil bereits abgeschlossen hatte? Ich rief meinen Freund an.

„Wie sieht's aus? Gibt es etwas Neues?“

„Kurry und Ketchup drehen ihn noch immer durch die Mangel, aber er bleibt bei seiner Darstellung. Die Fingerabdrücke sind Fehlanzeige. Keine Übereinstimmung mit denen aus Kims Wohnung. Er ist nicht unser Mann.“

„Und seine sexuellen Vorlieben, die Sado-Maso-Seiten, die er im Internet besucht hat? Was sagt er dazu?“

„Er hat sich das nur angesehen. Niemals würde er die Hand gegen eine Frau erheben. Überhaupt kann er keiner Fliege etwas zuleide tun“, sagte Ariano.

„Was ist mit seiner religiösen Orientierung?“

„Offenbar sind seine Mutter und er Mitglied einer Art druidischen Loge. Er ist dabei der einzige Mann unter lauter Frauen und soll der ‚Vater der Erlöserin‘ werden. Was auch immer das bedeutet.“

„Fragt ihn doch mal, ob er sich schon mal an rituellen Menschenopfern beteiligt hat.“

„Was soll der Quatsch?“, fragte Ariano.

„Ich habe ein wenig über keltische Kulte gelesen. Teilweise ging es da ziemlich brutal zu.“

„Schon. Aber das ist doch extrem weither geholt. Damit machen wir uns lächerlich. Außerdem sieht der Mord an Kim wie simpler Totschlag, nicht wie ein Ritualmord aus.“

„Hexen. Frag ihn, ob Kim eine Hexe war."
„Wie auch immer. Er hat kein Alibi", sagte Ariano.
„Clemens' Alibi stammt von seiner Frau. Alibis von Ehepartnern sind auch nicht viel mehr Wert als von Müttern."
„Dieser Posspechil ist mehr als dubios. Ich werde überhaupt nicht schlau aus ihm."
„Noch unangenehmer ist seine Mutter. Sie ist absolut grauenvoll." Ich schilderte Ariano meine kurze Begegnung mit Frau Posspechil. „Wenn die Frau nicht schon so alt wäre, könnte man fast glauben, dass sie Kim erschlagen hat, um ihren lieben Jungen vor der verdorbenen Hure zu schützen und ihn in der Sekte zu halten."
„So schlimm?"
„Ja."
„Was hast du als Nächstes vor?"
„Ich will mal zu Clemens nach Hause fahren und seine Ehefrau damit konfrontieren, dass ihr Mann mit dem Opfer ein sexuelles Verhältnis unterhielt. Mal sehen, was sie dann sagt, ob sie ihre Aussage aufrechterhält."
„Ist vielleicht einen Versuch wert", sagte Ariano.
„Mal was anderes: Sind eigentlich die Hamburg-Dolls jemals unangenehm aufgefallen? Liegt irgendetwas vor?"
„Nein."
„Keine Freierabzocke, kein Menschenhandel, keine Zuhälterei und keine Minderjährigen?"
„Nichts dergleichen. Der Laden ist sauber."
„Das darf doch eigentlich nicht wahr sein. Ein Callgirlring ist doch kein Damenkränzchen zum Eierwärmerhäkeln."
Ariano lachte. „Die Nutten sind auch nicht mehr das, was sie mal waren."
„Saubere neue Welt. Bis bald."
Limo hatte inzwischen mithilfe eines Trojaners, den sie den Hamburg-Dolls per E-Mail geschickt hatte, Zugriff auf den Computer der Agentur bekommen. Ich setzte mich

neben sie, sodass wir gemeinsam die Daten anschauen konnten. Frida meinte es wirklich ernst mit der Diskretion, denn tatsächlich gab es keine Kundenkartei. Wer eine Dame per E-Mail buchte, dessen Daten wurden nach wenigen Tagen gelöscht. Nur die Namen der Herren, die erst kürzlich die Dienste von Carmen, Mandy oder Liliane in Anspruch genommen hatten, tauchten im E-Mail-Verkehr auf, und zwar mit allen Details: Aussehen, Servicewünsche, Preis, Hoteladresse, Datum und Uhrzeit des Besuchs und so weiter. So hatte gerade vor ein paar Minuten ein Herr Merz, zurzeit in einem Hotel an der Außenalster, für heute Abend die blonde Kathrein gebucht und würde stolze achthundert Euro für zwei Stunden Fremdsprachenkurs berappen: Griechisch, Französisch und Spanisch wollte der Mann lernen, und dabei sollte die liebe Kathrein genau die Zofenuniform tragen, die sie auch auf dem Foto auf ihrer Setcard so kleidsam zur Schau stellt. Das mussten wir natürlich sehen. Limo rief die Webseite der Dolls auf und blätterte zu Kathrein.

„Leck mich fett", sagte sie, „was für ein Geschoss."

„Mein lieber Donizetti", musste ich ihr beipflichten. „Was hältst du von solch einer Uniform als neuer Arbeitskleidung in der Quaestoria?"

Sie schubste mich kreischend vom Stuhl. „Darauf kannst du lange warten. Jedenfalls nicht für dein mickriges Tarifgehalt!" Wir lachten.

Neben dem tief ausgeschnittenen und superkurzen schwarzen Kleid mit weißer Schürze trug Kathrein schwarze Nylons und ein unschuldig weißes Häubchen auf dem flachsblonden, zu dicken Zöpfen geflochtenen Haar. Sehr hübsch, aber wirklich achthundert Euro wert? „Not my cup of tea", sagt der Engländer in einem solchen Fall. Da ich schon mal dabei war, sah ich mir auch die anderen Mädchen an. Achtundzwanzig attraktive, junge Frauen boten

sich zur Zeit feil, darunter einige Deutsche, viele Tschechinnen und Bulgarinnen und sogar eine Türkin, die außer einem Kopftuch nicht besonders viel trug.
„Wieso nur achtundzwanzig?", fragte Limo. „In ihrer Kartei gibt es mehr als vierzig Frauen."
„Nicht immer sind alle einsatzbereit, hat Frida gesagt."
„Warum nicht?"
„Keine Ahnung, Urlaub, Studium, Krankheit, was weiß ich. Schau mal ins Impressum. Ich würde gerne sehen, wer hinter der Firma steckt."
Es überraschte mich nicht, dass keine Frau namens Frida als Geschäftsführerin genannt wurde, sondern ein Rechtsanwalt namens Anders Schein-Heilig aus Blankenese. Ich hatte bisher noch nie von ihm gehört. Ob er wohl seinem Namen Ehre machte?
„Sieh mal, was du noch herausfinden kannst, auch über diesen Anwalt. Ich statte inzwischen der Ehefrau von Clemens einen Besuch ab. Hast du seine Privatadresse?"
„Na sicher, die hast du auch." Limo nannte mir eine Adresse im Philosophenweg in Othmarschen. „Steht schon in deinen Unterlagen. Wenn du sie gelesen hättest ..."
Ich schnappte meine Jacke und verließ das Büro. Das Domizil des Frauenarztes lag nur gute fünf Minuten von der Quaestoria entfernt. Ich fuhr über die Bleickenallee und den Hohenzollernring, bog dann kurz vor der Elbchaussee in den Philosophenweg ein und parkte vor Clemens' Haus. Auf mein Läuten öffnete eine junge, schwarzhaarige Frau mit einem Kleinkind auf dem Arm.
„Frau Clemens?"
„No, ich Mercedes, Kindermädchen."
„Ist Frau Clemens denn zu Hause?"
„No, Frau Clemens nicht da."
„Wissen Sie denn, wann sie zurückkommt?"
„No, ich Kindermädchen."

„Gracias, voy a intentarlo más tarde."
Die Konversation war nicht ergiebig und würde es auch nicht werden, wenn ich mein Straßenspanisch auspackte. Was sollte das Kindermädchen mir erzählen? Ich trat den Rückzug an. Zum Glück war dieser vergebliche Versuch nicht mit viel Fahrerei verbunden. Kurzentschlossen fuhr ich weiter nach Westen, um diesem Heiligen, dem Geschäftsführer der Hamburg-Dolls einen Besuch abzustatten. Es stellte sich heraus, dass es sich um eine kleine Kanzlei in einem Privathaus handelte und der Mann nicht einmal eine Mitarbeiterin beschäftigte. Er sah genauso schmierig aus, wie man sich einen Anwalt dieser Kategorie vorstellte. Das schüttere, ölige Haar war zu einer Huub-Stevens-Frisur nach hinten gekämmt, das weiße Nyltesthemd, das er bestimmt schon den dritten Tag am Körper trug, stammte noch aus den Sechzigern, und der dunkle Nadelstreifenanzug war auf den Schultern voller Schuppen. Ich musste mich überwinden, ihm die Hand zu geben.
„Entschuldigen Sie den plötzlichen Überfall", sagte ich, nachdem ich mich vorgestellt hatte. „Laut Impressum der Webseite sind Sie Geschäftsführer der Hamburg-Dolls."
„Warum interessiert Sie das?"
„Ich ermittle in einem Fall, bei dem es einen Hinweis auf die Agentur gibt."
„Ich gebe keine Auskunft", sagte er schroff und schlug mir, bums, die Tür vor der Nase zu.
Ich zuckte die Achseln. Ganz umsonst war mein spontaner Ausflug nach Blankenese aber nicht, denn eines schien mir jetzt so sicher wie das Amen in der Kirche: Der Kerl war ein Strohmann, ein kleines Licht und keineswegs der Mann, der im Hintergrund die Fäden zog. Dazu fehlte es ihm ganz gewiss an Format.

5

Auf dem Rückweg zu meinem Auto erregte die ungewöhnliche Dekoration im Vorgarten seines Nachbarn meine Heiterkeit. Zwischen den Rabatten stand ein Trupp von Wacken-Zwergen, Gartenzwerge gestylt wie Hardrock- oder Deathmetal-Typen, mit schwarzen Zwergenmützen über den langen Haaren, schwarzen Hosen und T-Shirts mit Totenkopfmotiven, oder Gartenzwerge als wilde Gitarristen. Sogar einen Schlagzeuger gab es, der mit grimmigem Blick auf seine Becken eindrosch. Ich zückte mein Handy und machte ein Foto. FKK-Zwerge oder Mordopferzwerge mit Messern im Rücken hatte ich schon mal gesehen, aber Wacken-Zwerge waren mir bis dahin noch nicht begegnet. Vielleicht wird es eines Tages einen Freddie-Nietsch-Gartenzwerg geben?
Ich rief Limo an, um mir die Adresse von Kims Eltern geben zu lassen. Die alten Leute wohnten noch immer in der kleinen Wohnung an der Fruchtallee, einer breiten, lauten Hauptverkehrsader. Ich hatte sie damals kurz kennengelernt und wollte mein Beileid ausdrücken und mit ihnen über Kim reden. Immerhin konnte es sein, dass sie mit ihren Eltern über die Probleme gesprochen hatte, die zu ihrer Ermordung führten.
Nach den zwei erfolglosen Besuchen bei Frau Clemens und Rechtsanwalt Schein-Heilig war mir dieses Mal das Glück gewogen. Kaum hatte ich geläutet, ertönte der Türsummer, und ich wurde eingelassen. Gleich hinter der Eingangstür parkte einer dieser modernen, dreirädrigen Jogger-Kinderwagen, die aussahen, als müsse man für ihre Bedienung einen Hightech-Führerschein haben, und die in der Regel von vollkommen unsportlichen Leuten geschoben werden. Ich stieg über ein sauberes, aber schmucklo-

ses Treppenhaus mit Terrazzoboden in den zweiten Stock, wo mich Frau Wozniak graugesichtig erwartete. Wenn ich mich recht erinnerte, arbeitete Kims Vater bei der Bahn. Inzwischen war er sicher schon Rentner. Ihre Mutter war Hausfrau, wie viele Frauen dieser Generation.
„Mein Name ist Freddie Nietsch. Ich weiß nicht, ob Sie sich an mich erinnern. Wir haben uns vor vielen Jahren kurz kennengelernt. Ich war ein Freund von Kim."
„Herr Nietsch. Aber sicher erinnere ich mich." Sie gab mir die Hand. „Kim hat oft von Ihnen gesprochen, und ich habe immer wieder in der Zeitung über Sie gelesen. Sie sind doch der Privatdetektiv. Bitte kommen Sie herein."
Ich betrat ein deutsches Standard-Wohnzimmer mit Reinlichkeits-Zertifikat: Velours-Couchgarnitur, Schrankwand mit vollkommen staubfreiem Nippes und ein riesiger Fernseher. Auf dem Sofa lagen sauber in Reihe drei Kissen mit korrektem Nackenschlag.
„Setzen Sie sich doch."
Es gab keine Knautschzone, und so klemmte ich mich auf eine Seite des Sitzmöbels, um möglichst wenig der Kissendekoration aus der Fasson zu bringen.
„Wie geht es Ihnen und Ihrem Mann?"
„Wie soll es uns gehen? Unser einziges Kind ist tot. Harald hat ein Beruhigungsmittel bekommen und schläft. Es ist alles ganz furchtbar." Tränen traten ihr in die Augen, und sie ließ den Kopf hängen.
An der Wand hing eine Sammlung von Fotos. Die meisten zeigten Kim. Neben Bildern von ihr als Baby, als kleines Mädchen, als Teenager, so wie ich sie kennengelernt hatte, und als junge Frau gab es ein Hochzeitsfoto der Wozniaks. Frau Wozniak im weißen Kleid hielt einen Strauß roter Rosen im Arm. Er trug einen dunklen Anzug mit weinroter Krawatte und hatte seinen Arm liebevoll schützend um ihre Schulter gelegt. Beide schauten glücklich und voller

Optimismus in die Zukunft, die inzwischen längst zur Vergangenheit und am Ende zur Leidensgeschichte geworden war.
„Sie sagten, Kim habe öfter von mir gesprochen?"
„Ja. Sie hat bedauert, was damals vorgefallen ist."
„Hat Sie Ihnen davon erzählt?"
„Ja. Meine Tochter und ich hatten immer ein Vertrauensverhältnis. Mein Mann dagegen weiß nichts von ihren Männergeschichten. Er hält seine Tochter noch immer für einen unschuldigen Engel. Ich hoffe, dass das so bleibt."
„Keine Sorge. Von mir erfährt er nichts."
„Mögen Sie einen Kaffee?"
Ich lehnte dankend ab.
„Erst einmal mein Beileid zu Ihrem furchtbaren Verlust", sagte ich. „Kim hat mich am Abend ihres Todes angerufen und um Hilfe gebeten. Sie hatte Angst. Leider war ich zu spät. Ich habe sie gefunden und unterstütze jetzt die Polizei bei der Suche nach ihrem Mörder."
„Ich hoffe, Sie bringen ihn zur Strecke." Sie fing an zu weinen. „Es war ihr Lebenswandel. Früher oder später musste ja etwas passieren."
„Glauben Sie, es war einer ihrer Liebhaber, der sie erschlagen hat?"
„Wer denn sonst?"
„Kennen Sie denn jemanden?"
„Nein. Sie hat nur selten davon erzählt. Kim war eine Getriebene. Sie konnte es einfach nicht lassen, auch wenn sie es nachher oft bereut hat. Dann hat sie sich manchmal bei mir ausgeweint. Sie hatte ja sonst niemanden mehr. Wie oft hat sie sich eine feste Beziehung gewünscht, eine Familie, aber sie hat es einfach nicht geschafft." Jetzt kullerten ihr Tränen über die Wangen.
„Sie sagten: niemanden mehr. Gab es denn mal jemanden?"

„Keinen Mann, aber ihre alte Freundin Dagmar. Die beiden kannten sich noch aus der Grundschule, aber auch mit ihr hat sie sich wegen eines Mannes überworfen. Es war tragisch."
„Stimmt, Dagmar. An die kann ich mich auch noch erinnern. Sie war damals Kims beste Freundin. Was ist passiert?"
„Ich mag es gar nicht sagen. Es ist noch nicht lange her. Ich fand es furchtbar, aber sie war unsere Tochter."
„Wissen Sie, wo ich Dagmar finde?"
„Die wohnt noch immer hier in der Gegend." Sie nannte mir eine zu Fuß erreichbare Adresse gleich um die Ecke. Ich wollte die alte Frau nicht quälen und verzichtete darauf nachzubohren. Was da geschehen war, würde ich von Dagmar erfahren, der ich anschließend einen Besuch abstatten wollte.
„Hat sie auch über ihre Arbeit in der Klinik gesprochen?"
„Nur selten. Wenn es Probleme mit Kolleginnen gab."
„Was für Probleme?"
„Sie war nicht gut gelitten. Niemand mochte sie."
„Ich weiß."
„Hören Sie. Unsere Tochter war trotz ihrer Männergeschichten ein gutes Mädchen. Sie hat uns besucht, wann immer ihr Dienstplan es zuließ."
„Sicherlich. Sie hat nichts anderes getan als das, was viele Männer auch machen, ohne dass irgendjemand sie dafür verurteilt", sagte ich.
„Trotzdem hätte ich mir gewünscht, dass sie heiratet und Kinder bekommt wie eine ganz normale Frau."
„Das wäre vielleicht noch geschehen", versuchte ich die Mutter zu trösten. Wir redeten noch eine Weile über Kim.
„Warten Sie, vielleicht können Sie damit etwas anfangen", sagte sie, bevor ich mich verabschiedete. „Das hat sie bei ihrem letzten Besuch vor ein paar Tagen hier vergessen."

Sie ging in den Nebenraum und kam mit einem braunen Umschlag zurück. Darin befand sich ein einzelnes Blatt. Ich zog es heraus. Es handelte sich um den Ausdruck einer Setkarte der Hamburg-Dolls, und zwar von einer Frau, die sich als Olinka präsentierte, eine schwarzhaarige Schönheit mit glutvollen Augen. Ich konnte mich nicht daran erinnern, sie auf der aktuellen HD-Seite gesehen zu haben. Außerdem hatte Kim mit dem Kugelschreiber drei Ziffern auf das Blatt gekritzelt: 21.3. Ich vermutete, dass es sich um ein Datum handelte, den 21. März, Frühlingsanfang. Das war nächste Woche Donnerstag.
Ich war elektrisiert. War diese Olinka der Schlüssel zu der Tat? Hatte der Täter diesen Ausdruck in Kims Wohnung gesucht? Vielleicht galoppierte die Hoffnung mit mir davon, und es war sicher zu früh, eindeutige Schlüsse zu ziehen, aber ich hatte das Gefühl, zumindest einen ersten, hauchdünnen Faden zur Lösung des Rätsels in der Hand zu halten, einen zarten Ariadnefaden, der mich hoffentlich aus diesem geradezu minoischen Labyrinth herausführen würde. Und was sagte dieses Datum, falls es wirklich eines war? Bis zum 21.3. war es nicht mehr lange hin. War Kim an diesem Tag mit Olinka verabredet? Was sollte geschehen, das Kim so sehr beunruhigt hatte? Wollte Olinka an diesem Tag etwas tun, das Kim nicht guthieß? Hatte Kim von verbrecherischen Plänen erfahren, die an diesem Tag ausgeführt werden sollten? Einen Anschlag? Bankraub? Oder ging es nur um einen Termin beim Zahnarzt? Eine Unzahl von Vermutungen geisterte durch meinen Kopf, eine abenteuerlicher oder banaler als die andere. Aber es hatte keinen Sinn, darüber zu spekulieren, es konnte alles und nichts sein. Ich bedankte mich bei Frau Wozniak. „Verlassen Sie sich darauf, ich werde mein Bestes geben, um den Mörder Ihrer Tochter zu überführen. Er wird nicht damit durchkommen“, versprach ich, bevor ich ging. „Und

grüßen Sie Ihren Mann. Ich lasse wieder von mir hören, sobald ich etwas Neues in Erfahrung gebracht habe."

Obwohl es mich in den Fingern juckte, mich intensiver mit der Setkarte dieser Olinka zu beschäftigen, fuhr ich zuerst zu Dagmar Gretzki. Ich musste wissen, an welchem tragischen Ereignis die langjährige Freundschaft der zwei Frauen zerbrochen war. Irgendwie war ich an Ariano und mich erinnert. Auch wir waren Jugendfreunde und durch Heike, die damals von ihm zu mir übergelaufen war, hatten wir uns für viele Jahre voneinander entfremdet.

Dagmar lebte in einer typischen Eimsbütteler Wohnstraße mit netten, kleinen Wohnungen in schmucken Altbauten, jedoch ohne den großbürgerlichen Eppendorfer Protz. Ihre Wohnung befand sich gegenüber der Sparkasse im zweiten Stock. Glücklicherweise war sie zu Hause. Auch sie konnte sich auf Anhieb an mich erinnern und bat mich herein. Sie war inzwischen recht üppig und wirkte zutiefst unglücklich. Nach kurzem, freundlichem Smalltalk in Erinnerung an alte Zeiten kam ich schnell zum Thema.

„Du weißt von Kim?"

Sie nickte. „Ich habe es heute in der Zeitung gelesen. Zwar wurde kein Name genannt, aber mir war gleich klar, dass es sich um Kim handelt. Ich wusste gar nicht, dass ihr noch Kontakt hattet, so wie das damals gelaufen war."

„Hatten wir auch nicht. Sie hat mich erst am Abend ihres Todes angerufen und um Hilfe gebeten. Jetzt unterstütze ich die Polizei bei der Suche nach ihrem Mörder."

„Deshalb kommst du zu mir? Verdächtigst du mich?"

„Gott behüte, nein. Ich versuche nur, mir ein möglichst vollständiges Bild von ihr zu machen. Ich weiß nicht einmal, was zwischen euch vorgefallen ist. Kims Mutter hat mich auf dich gebracht. Ihr wart lange beste Freundinnen, bis irgendetwas euch auseinandergebracht hat. Magst du mir erzählen, was passiert ist?"

„Es wäre gar nicht so falsch, mich zu verdächtigen. Ich habe mir oft vorgestellt, sie zu erwürgen. Sie war meine beste Freundin und meine bitterste Enttäuschung."
„Das ist schlimm", sagte ich.
„Ich war verheiratet, oder besser gesagt, ich bin es noch, lebe aber in Scheidung, mein Mann ist ausgezogen. Vor zwei Jahren wurde ich schwanger. Ich habe mich wahnsinnig gefreut. Meine ‚Freundin' Kim hat mich als Hebamme betreut, ich war glücklich. Eines Abends ist das Schwangeren-Yoga ausgefallen, und ich kam unerwartet früher nach Hause. So erwischte ich meinen Mann mit Kim im Bett. Durch den Schock bekam ich eine Fehlgeburt und verlor mein Kind." Sie fing an, leise zu weinen, während sie erzählte.
„Das tut mir sehr leid", sagte ich mit belegter Stimme.
„So verlor ich auf einen Schlag Mann, Kind und Freundin. Ich war die einsamste Frau der Welt. Du verstehst sicher, dass ich ihr manchmal den Tod gewünscht habe."
„Natürlich", sagte ich, „du hast allen Grund dazu."
„Aber ich habe es nicht getan", sagte sie. „Ich habe sie niemals wiedergesehen. Stattdessen habe ich mir eine Schutzschicht aus Speck angefressen." Sie kniff sich in den Bauch. „Eigentlich hätte ich es wissen müssen, schließlich kannte ich sie schon lange genug, aber ich hatte gedacht, dass sie wenigstens unsere Freundschaft respektiert. Sie hat mir ein paarmal geschrieben und um Verzeihung gebeten, aber ich habe nicht geantwortet."
Ich schüttelte mitfühlend den Kopf. Wie hatte ihre Mutter gesagt? Kim war eine Getriebene, nicht fähig, ihre eigenen Triebe zu steuern und im Zaum zu halten. Aber Dagmar hatte recht. Ihr Motiv war besonders stark.
„Wie lange ist das schon her?"
„Das war vor etwa eineinhalb Jahren", antwortete sie. „Ich war danach einige Monate in der Psychoklinik in Rissen."

„Nach dem, was du mir erzählt hat, muss ich das fragen: Wo warst du Montagnacht zwischen zwölf und zwei Uhr?
„Hier. Zu Hause. Ich habe mich allein in meinem Bett gewälzt und versucht zu schlafen. Also habe ich kein Alibi. Zu all meinem Unglück gerate ich jetzt wohl auch noch unter Mordverdacht."
Ich sah ihr in die traurigen Augen. „Nein", sagte ich, „ich glaube nicht, dass du es getan hast."
„Weil du denkst, ich bin zu feige dazu."
„Nicht zu feige, sondern zu menschlich. Vielen Dank für deine Bereitschaft, so offen mit mir über diese schreckliche Erfahrung zu reden", sagte ich. „Ich hoffe, ich habe keine alten Wunden aufgerissen."
„Schon gut. Die sind aufgerissen, als ich von Kims Tod in der Zeitung las. Vielleicht kann ich das alles jetzt endlich verarbeiten."
„Natürlich muss ich der Polizei von dir erzählen. Die Kollegen werden sich bestimmt bei dir melden."
Ich verabschiedete mich und fuhr heim nach Ottensen in mein Büro. Zurück in der Quaestoria berichtete ich meiner Mitarbeiterin von meinen neuen Besuchen.
„Unglaubliche Geschichte, wirklich tragisch", sagte Limo, „aber das heißt, sie ist in hohem Maße verdächtig. So ein starkes Motiv hat sonst niemand."
„Trotzdem traue ich ihr keinen Mord zu."
„Es ist auch kein Mord, sondern Totschlag im Affekt. Vielleicht hat sie die Nerven verloren. Du kannst sie nicht einfach ausschließen. Sie hat ein überzeugendes Motiv, und sie hat kein Alibi. Ich wüsste nicht, was ich in ihrer Lage tun würde."
„Du hast ja recht. Aber sie hat so viel gelitten. Ich kann es ihr einfach nicht antun, sie jetzt zusätzlich durch Verdächtigungen zu belasten. Soll Ariano sich damit beschäftigen."
„Du bist zu weichherzig und machst es dir zu leicht."

„Bisher habe ich es aber immer ganz gut hingekriegt. So. Schluss jetzt. Ich habe keine Lust, darüber zu diskutieren."
Natürlich hatte Limo nicht ganz unrecht. Gerade ein Totschlag im Affekt, wie er hier stattgefunden hatte, wird oftmals von „gequälten Seelen" begangen, von Menschen, die unter dem Opfer litten. Eigentlich hatten sie mein Mitgefühl, aber ich musste sie dennoch verdächtigen, verfolgen und möglicherweise ins Gefängnis bringen. Neutral zu bleiben, war für mich emotional nicht immer leicht, insbesondere wenn ich, wie in diesem Fall, die Beteiligten kannte. War ich etwa zu weichherzig für einen „hartgesottenen" Detektiv? Aber mein Gefühl und meine Menschenkenntnis sagten mir einfach, dass Dagmar nichts mit Kims Tod zu tun hat.
„Ich will dich nicht daran hindern, Nachforschungen über sie anzustellen, aber viel interessanter finde ich diese Setkarte mit dem Datum."
An den Namen Olinka und ihr Foto auf dem Server der Hamburg-Dolls konnte auch Limo sich nicht erinnern. Wir arbeiteten uns noch mal sorgfältig durch die ganze Internetseite, ohne sie zu finden. Sie checkte erneut den Server der Agentur, und es gelang ihr tatsächlich, einige gelöschte Dateien wieder sichtbar zu machen, aber Olinkas Setkarte war nicht dabei. Es war, als hätte es die Frau nie gegeben.
„Wenn dieser Ausdruck keine Fälschung ist, muss sie eine der Hamburg-Dolls gewesen sein. Wieso machen die sich die Mühe, sie derart vollständig auszulöschen?", fragte ich.
„Ich weiß es nicht." Limo zuckte ihre Schultern. „Vielleicht ist sie tot, und man hat sie verschwinden lassen."
„Aber warum dann der 21.3.? Der Termin wäre doch dann sinnlos", sagte ich.
„Nicht unbedingt. Kim hat das Datum vor ihrem Tod notiert. Was, wenn Olinka zu dem Zeitpunkt noch gelebt hat

und erst danach getötet wurde, vielleicht, weil Kim irgendetwas ausplaudern wollte, das mit Olinka zu tun hat? Oder vielleicht plant da jemand ein ganz dickes Ding."
„Und Olinka hat Kim davon erzählt, und deshalb mussten beide sterben? ... So etwas habe ich auch schon gedacht, aber, nee, das klingt zu sehr nach Räuberpistole à la Hollywood. Verdammt! Was ist da los. Wir können nicht einmal sicher sein, dass es sich tatsächlich um ein Datum handelt. Wir müssen uns um die Agentur kümmern. Die liebe Frida hat wohl nicht die ganze Wahrheit gesagt. Da ist irgendetwas im Busch."
„Aber was?", dachte Limo laut. „Mit digitaler Recherche komme ich nicht weiter. Die Sache ist ausgereizt."
„Vielleicht will irgendein Verrückter den Frühling kidnappen", sagte ich, „und Kim hat Wind davon bekommen."
„Der einzige Verrückte weit und breit bist du", sagte Limo.
Mir kamen kurz die Kelten wieder in den Sinn. Im keltischen Jahreskreis spielte die Frühlingssonnenwende als „Alban Eiler" oder „Ostara" eine wichtige Rolle.
„Ich fürchte, wir müssen wieder altmodisch analog mit dem Hintern ermitteln und Leute beschatten."
„Darf ich dieses Mal mitmachen?"
„Nein. Du bist zu auffällig und zu wertvoll an der Tastatur."
„Schade, ich wäre auch gerne mal im Außendienst mit ein bisschen Action."
„Stundenlang im Auto vor einem Haus zu sitzen, zu hungern, zu frieren und zu warten, hat mit Action nicht viel zu tun, sondern ist langweilig. Sei froh, dass dir so etwas erspart bleibt."
Ich rief Ariano an, um ihn auf den neuesten Stand zu bringen. Auf Dagmar Gretzki sprang er sofort an und wollte weitere Ermittlungen veranlassen, aber was Olinka und das Datum anging, war mein Freund skeptisch. Ich bat ihn, mit Dagmar behutsam umzugehen.

Ariano sah die Sache ähnlich wie Limo. „Und was Frauen angeht, hast du dich mit deinen Einschätzungen in der Vergangenheit nicht gerade mit Ruhm bekleckert."
Da musste ich ihm leider zustimmen.
„Meinst du nicht, dass du die Bedeutung dieser Sache mit Olinka und dem Datum überbewertest?"
„Auf keinen Fall. Dieser Ausdruck bestätigt die Verbindung zwischen Kim und den Hamburg-Dolls."
„Nein. Dieser Ausdruck bestätigt lediglich die Verbindung zwischen Kim und dieser Olinka, eine Verbindung, die vielleicht privater Natur war und alle möglichen Gründe haben kann", widersprach mein Freund.
„Welche denn?"
„Darüber können wir nur spekulieren. Vielleicht hat Olinka sich ertappt gefühlt, und es war ihr nicht recht, dass Kim sie als Callgirl identifiziert hat. Vielleicht kannten die beiden sich aus anderen Zusammenhängen. Vielleicht hat Kim sie erpresst."
„Aber es ist immerhin auch möglich, dass Olinka im Zusammenhang mit der Agentur Opfer eines Verbrechens geworden ist und Kim davon erfahren hat."
„Olinka kann Opfer sein, aber auch Täterin, oder aber das alles hat mit dem Fall überhaupt nichts zu tun."
„Und das Datum?"
„Ist vielleicht vollkommen harmlos", sagte Ariano. „Notierst du dir nicht auch manchmal Termin und Uhrzeit einer Verabredung oder den Friseurtermin auf dem nächstbesten Zettel? Es gibt übrigens neue Erkenntnisse über Posspechil. Wir haben ein zweites Handy in seinem Büro gefunden, ein Telefon mit Prepaid-Karte. Von diesem Gerät aus ist Kim in den Tagen vor ihrem Tod mehrmals angerufen worden. Posspechil hat bereits zugegeben, dass er entgegen seiner früheren Aussage sowohl ihre Adresse und ihren Namen als auch ihre Nummer kannte."

Ich pfiff durch die Zähne. „Wie das?“
„Als Kim mit ihm im Hotel war, hat sie das Bad aufgesucht. Er hat die Gelegenheit genutzt und ihre Sachen durchwühlt. Dabei hat er ihren Hausausweis für die Klinik gefunden. Dann ist er ihr irgendwann auf dem Heimweg von der Arbeit nachgefahren und hatte so auch ihre Privatadresse.“
„Verdammt, der Sausack hat uns belogen!“
„Aber er bleibt dabei, nichts mit ihrem Tod zu tun zu haben. Wir halten ihn erst mal fest und überprüfen die Huren, für die er sich im Internet interessiert hat. Sollte er da irgendwo die Peitsche geschwungen haben, ist das ein weiteres Indiz für gewalttätige Neigungen. Der Mann hat wirklich einen Knall.“
„Wieso?“
„Er steht vollkommen unter der Fuchtel seiner Mutter und dieser Sekte, hat panische Angst vor ihr. Die Frau ist aber auch eine unfassbar quengelige Furie. Kurry und Ketchup sind gerade vor Ort und führen eine Hausdurchsuchung durch. Sie mussten ihr mit Haft drohen, um sie ruhigzustellen. Sie will partout nicht einsehen, dass ihr Sohn, der liebe Junge und zukünftige Vater der Erlöserin, eventuell Dreck am Stecken hat.“
In diesem Fall gab es offenbar nur liebe Kinder, sowohl Kim als auch Feardorcha waren in den Augen ihrer Mütter liebe Kinder, aber wahrscheinlich waren auch Monster wie Adolf Hitler oder Pol Pot irgendwann mal „ein lieber Junge“ gewesen. Die Welt wäre um einiges besser, wenn sie den Vorstellungen der liebenden Mütter entspräche.
„Und was hältst du von Schein-Heilig, dem Rechtsanwalt?“
„Was soll ich dazu zu sagen? Es ist nicht ungewöhnlich, dass Geschäftsleute im Rotlichtmilieu mit Strohmännern arbeiten, um im Hintergrund zu bleiben. Wahrscheinlich

gehört die Agentur weder Frida noch Schein-Heilig, sondern irgendjemandem, der mit derartigen Geschäften nicht in Verbindung gebracht werden will, weil er ansonsten als ehrbarer Kaufmann unterwegs ist."

„Okay", sagte ich, „da muss ich wohl neu nachdenken. Ich melde mich später. Lass mich wissen, wenn ihr bei Posspechil in der Wohnung etwas Interessantes findet."

„Was würdest du denn interessant finden?"

„Druidisches Material, Kultgegenstände und so."

„Davon ist jede Menge da. Du glaubst doch nicht etwa an den Mist?"

„Natürlich nicht, aber aus religiösem Wahn sind schon eine Menge Verbrechen begangen worden. Gerade erst neulich habe ich von einer australischen Mutter gelesen, die ihre acht Kinder getötet hat."

Ich legte auf. Jetzt war ich wirklich irritiert. Posspechil oder Clemens? Oder doch Dagmar Gretzki? Saß ich einer falschen Fährte auf? Limo frohlockte, als ich ihr von der neuen Entwicklung erzählte. Sie hatte die ganze Zeit an Posspechil als Täter geglaubt.

„Soll ich trotzdem weiter nach Flecken auf dem weißen Kittel von Dr. Clemens und der weißen Korsage der Dolls suchen?", fragte sie.

„Sicher. Für mich ist der Fall noch lange nicht klar."

„Du bist der Chef", sagte Limo und verdrehte die Augen, als müsse sie gegen besseres Wissen unsinnige und überflüssige Arbeit tun.

Meine liebe Mitarbeiterin ging mir auf den Geist. „Ich fahre gleich noch mal in die Isestraße und konfrontiere Frida mit Olinka", sagte ich und warf die Tür hinter mir zu. Ich ärgerte mich, dass ich Posspechil so schnell als Täter ausgemustert hatte und dass meine blühende Fantasie mir anscheinend einen Streich spielte, was Olinka und den 21. März betraf. Trotzdem wollte ich noch nicht aufgeben.

Inzwischen rollte die erste Welle des Feierabendverkehrs, der sich insbesondere auf der Hoheluftchaussee unangenehm bemerkbar machte. Im Schneckentempo kroch ich voran und brauchte eine Ewigkeit, bis ich links in den Lehmweg einbog und mein Bötchen auf der Kanalbrücke im Halteverbot abstellte. Die letzten Meter ging ich zu Fuß.
„Sie schon wieder“, sagte Frida verwundert. „Haben Sie etwas vergessen?“ Sie hatte ihre Zigarettenspitze mit glimmender Glut in der Hand. Der Rauch kringelte in Arabesken zur stuckverzierten Decke.
„Nein. Aber es haben sich neue Fragen ergeben.“
„Na, dann kommen Sie herein. Ich hoffe allerdings, dass Sie kein Dauergast bei mir werden.“
„Bin ich Ihnen so unsympathisch?“
„Das nicht, aber ... Sie verstehen mich schon richtig.“
„Sicher. Ich werde Sie nicht lange aufhalten.“ Noch im Flur zog ich den Ausdruck von Olinkas Setkarte aus der Jackentasche, faltete ihn auseinander und zeigte ihn der alten Dame.
Sie wirkte für einen Moment verunsichert. „Wo haben Sie das her?“
Ich beantwortete ihre Frage nicht. „Olinka ist doch eines Ihrer Mädchen. Ich muss mit ihr sprechen.“
„Das wird leider nicht gehen. Sie war nur kurz bei uns“, sagte Frida, die sich schnell wieder gefasst hatte.
„Und wo finde ich sie jetzt?“
„Das weiß ich nicht. Sie hat ihr Engagement bei uns beendet. Es geschieht oft, dass die Mädchen nach einiger Zeit aufhören. Schließlich ist der Job als Begleiterin kein Beruf für die Ewigkeit. Manche von ihnen verschwinden einfach, ohne sich abzumelden. Nach einer gewissen Zeit schmeißen wir sie dann aus unserer Kartei. Genau das ist mit Olinka geschehen.“
„Wissen Sie, warum Olinka aufgehört hat?“

„Nein. Wenn ich mich recht erinnere, stammte sie aus der Slowakei, aus Bratislawa. Vielleicht ist sie zurück in die Heimat gegangen, vielleicht hat sie geheiratet oder wollte einfach etwas anderes machen. Es gibt viele Gründe."
Ich fragte nicht, warum Olinka spurlos vom Server der Hamburg-Dolls getilgt worden war, denn damit hätte ich verraten, dass wir Zugriff auf ihren Computer hatten. Außerdem glaubte ich kaum, dass Frida mir darauf ernsthaft geantwortet hätte.
„Aus welchem Grund könnte die Frau, deren Foto ich Ihnen heute Vormittag gezeigt habe, Olinkas Setkarte ausgedruckt und diesen Ausdruck sorgfältig aufbewahrt haben?"
Frida hatte ihre Zigarette vergessen, sodass ein Teil der Asche auf den glänzenden Parkettboden fiel.
„Das weiß ich nicht. Vielleicht ist diese Frau ja lesbisch und wollte mit Olinka durchbrennen."
Das war wohl eher unwahrscheinlich, aber tatsächlich hatte ich keine Ahnung, in welcher Beziehung Kim und Olinka zueinander gestanden hatten. Ich war sicher, dass das der Schlüssel zur Lösung dieses Falls war. Ich musste Olinka finden.
„Ist Olinka ihr richtiger Name?"
„Natürlich nicht. Keines meiner Mädchen arbeitet unter ihrem echten Namen."
„Haben Sie vielleicht eine Adresse oder irgendwelche Hinweise, wo ich Olinka finden kann?"
„Nein. Und wenn es so wäre, würde ich sie nicht herausgeben. Wie ich Ihnen schon sagte: Diskretion ist das A und O unseres Geschäfts." Sie öffnete die Wohnungstür, hinter der wir während unseres Gesprächs gestanden hatten. „Auf Wiedersehen, Herr Nietsch." Damit war ich entlassen.
Mit einem Geschmack im Mund, als hätte ich gerade auf Granit gebissen, fuhr ich zurück nach Ottensen. Für diesen Tag hatte ich die Nase voll.

6

Ich war inzwischen mutlos und dachte daran aufzugeben. Wahrscheinlich hatten Ariano und Limo recht, sich auf Posspechil zu konzentrieren. Frida hatte vollkommen plausibel erklärt, wieso Olinka und auch andere Dolls irgendwann mit dem Begleitservice aufhörten. Außerdem: Wie konnte ich Olinka finden? Sollte ich Termine mit ihren Ex-Kolleginnen machen, in der Hoffnung, dass eine von ihnen mehr über sie wusste und auch bereit war, mir davon zu erzählen, wenn ich sie zum Stundensatz von vierhundert Euro befragte? Das würde teuer werden und mich wohl auch nicht weiterbringen. Wahrscheinlich kannten die meisten der Frauen sich nicht untereinander. Es war ja nicht so, dass sie gemeinsam in einem plüschigen Bordell herumsaßen, Zigaretten rauchten und auf Freier warteten. Vielmehr hockte jede alleine in ihrer Wohnung, im Café, in der Vorlesung oder tat sonst irgendetwas und wurde telefonisch gebucht.
Ich wälzte mich die halbe Nacht schlaflos im Bett und wachte am Morgen mit dicken Augen auf. Nach zwei großen Bechern Kaffee und drei Scheiben Finken-Brot mit Nutella ging es mir besser. Nachdem ich mich frisch gemacht hatte, wollte ich noch einmal versuchen, mit Frau Clemens zu sprechen, bevor ich das Handtuch warf. Mein Wagen stand ein paar Meter die Straße hinunter vor dem katholischen Kindergarten. Um diese Uhrzeit waren die Straßen belebt. Viele Leute gingen zum Einkaufen, ins Büro oder waren unterwegs, um sich in einem der zahllosen Ottenser Cafés mit Freunden zu treffen. Eine junge Mutter schob ihren Kinderwagen vorbei, drei Jugendliche suchten mit ihren Handys nach Glumanda, Schiggy und Pikachu, den Pokemons, die sich neuerdings überall he-

rumtrieben, und ein schmuddeliger Betrunkener stolperte mir entgegen, nach Hochprozentigem und Urin stinkend. Mit anderen Worten: Ich erlebte die übliche Ottenser Großstadtidylle.
Begleitet von zwei Erzieherinnen mit einem Bollerwagen im Schlepptau verließ ein kleiner Trupp bunter Zwerge lärmend das Kindergarten-Gelände. Ich zückte lächelnd meinen Schlüssel und schob ihn ins Schloss der Fahrertür. Als ich den Schlüssel drehte, blitzte und krachte es. Eine Druckwelle erfasste mich, und ich wurde vom Wagen weggeschleudert, sodass ich etwa zwei Meter weiter auf der Straße aufschlug. Benommen realisierte ich, dass mein Bötchen explodiert war und in Flammen stand. Schwarzer ätzender Qualm quoll aus der verbogenen Motorhaube. Ich stand unter Schock. Alles schien in Zeitlupe abzulaufen.
Mein Gott, die Kinder, war mein erster Gedanke. Ich rappelte mich auf, so weit es ging, und konnte erleichtert sehen, dass die Kleinen weit genug von der Explosion entfernt waren und jetzt von den erschrockenen Kindergärtnerinnen eilig zurück ins Haus geführt wurden. Um mich herum wurde gebrüllt und geschrien, und die Leute sprangen in Panik auseinander. Dann verlor ich das Bewusstsein und wurde erst durch die Sirenen von Polizei, Feuerwehr und Krankenwagen geweckt.
Als ich die Augen aufschlug, sah ich flimmernde Doppelbilder und hatte Mühe, meinen Blick zu fokussieren. Dann schaute ich in eine Reihe sorgenvoller Gesichter, die sich über mich gebeugt hatten. Darunter war auch Limo, die sich gerade auf dem Weg ins Büro befand, als sie durch die Explosion aufgeschreckt wurde.
„Au, verdammt", fluchte ich, als ich mich so weit berappelt hatte, dass ich begriff, was passiert war. Auf meinem Hinterkopf, mit dem ich auf das Pflaster geknallt war, pulsierte eine dicke Beule.

„Bleib ruhig liegen, Chef", sagte Limo fürsorglich, „der Arzt ist jeden Augenblick da."
Ich bewegte vorsichtig Arme und Beine. Alles war noch da, und nichts schien gebrochen zu sein. Bis auf die Beule am Kopf war ich nach Eigendiagnose unversehrt. Ich setzte mich auf und fasste mir ins Haar, um zu prüfen, ob ich blutete. Fehlanzeige, nicht einmal eine Platzwunde. So schlimm konnte es also nicht sein. Mein Schädel brummte, und meine Kleidung war dreckig und versengt. Dieser Fall kostete mich nicht nur viel Garderobe – erst Kims Blut und jetzt das Feuer –, sondern auch mein schönes, fast neues Auto war hin. Der Fiat Barchetta, mein Bötchen, war ein qualmender Haufen Schrott.
„Verdammte Scheiße!" Es war unflätig aber es rutschte mir einfach heraus.
„Wer weiß noch, wie eine stabile Seitenlage geht?", fragte Limo in die Runde.
„Schon okay", sagte ich, als sich einer der hilfsbereiten Zuschauer meldete, „ich brauche keine stabile Seitenlage, es geht mir gut."
Inzwischen hatte die Feuerwehr mein brennendes Auto gelöscht, die Polizei hatte die Schaulustigen abgedrängt und die Straße mit Flatterband abgesperrt. Als die Sanitäter mich auf Anweisung des Arztes auf die Trage heben und ins AK Altona transportieren wollten, winkte ich ab und stand mit zittrigen Beinen auf. „Das ist nur der Schreck", sagte ich.
Damit war der Doktor zwar nicht einverstanden, aber schließlich konnte er mich nicht zwangseinweisen.
„Geben Sie mir zwei Kopfschmerztabletten, das reicht", sagte ich. „Hat schon jemand Ariano Clepper bei der Mordkommission benachrichtigt?", fragte ich in die Runde.
„Schon erledigt", sagte Limo. „Er ist bereits unterwegs."

„Gut." Gestützt auf meine Mitarbeiterin ging ich hinüber zur Quaestoria. Zwar tat mir alles weh und ich bedauerte den Verlust meines Wagens, aber in gewisser Weise war mir der Bombenanschlag entgegengekommen. Brachialer konnte man nicht mit dem Zaunpfahl winken. Jetzt war ich sicher, auf der richtigen Spur zu sein. Warum sonst hatte man versucht, mich in die Luft zu sprengen? Offenbar hatte ich gestern in ein Wespennest gestochen. Olinka und die Agentur waren der Schlüssel.
Ich lag mit einem Eisbeutel auf dem Kopf auf dem Sofa im Büro, als Ariano hereinkam.
„Verdammt noch mal, was war das denn? Wem bist du da auf die Füße getreten?"
„Sicher nicht Dagmar Gretzki oder Posspechil. Letzteren habt ihr in der Mangel und nicht ich. Außerdem hat er nicht die Mittel und Kontakte, einen Bombenanschlag zu inszenieren.
„Was hast du gemacht?"
„Ich war gestern bei den Hamburg-Dolls, habe der Inhaberin die von Kim ausgedruckte Seite gezeigt und meinem Interesse an Olinka nachdrücklich Ausdruck verliehen. Das ist alles. Damit habe ich ins Wespennest gestochen."
„Unfassbar", sagte Ariano, „worum mag es gehen, dass die Leute zu solch drastischen Mitteln greifen?"
„Und was für Leute sind das, die ein Auto vor einem Kindergarten in die Luft jagen", sagte ich. „Das war wirklich knapp. Zum Glück ist außer mir niemand zu Schaden gekommen."
„Auf jeden Fall waren das Profis."
„Ich glaube, Clemens und die Klinik wie auch Posspechil und Gretzki können wir jetzt getrost vergessen", sagte ich, „in der Escort-Agentur spielt die Musik."
In diesem Moment kam Kurry herein, um uns zu sagen, dass die Sprengladung zu gering war, um mich zu töten.

Ich sollte offenbar lediglich eingeschüchtert werden. Aber damit hatten der oder die Täter genau das Gegenteil erreicht. Ich war kurz davor gewesen, die Ermittlungen in Richtung der Hamburg-Dolls einzustellen, aber mit diesem Knalleffekt hatten sie mich wieder auf die Spur gesetzt, und dieses Mal endgültig. Auch Ariano war jetzt überzeugt, dass mit Fridas Puppen etwas faul war, aber wir waren beide vollkommen schimmerlos, worum es ging. Kim hatte etwas über die Dolls erfahren, das sie das Leben gekostet hat. Warum war Olinka, wie vielleicht auch andere junge Frauen, spurlos verschwunden? Menschenhandel? Erpressung von Freiern? Wer sind die Hintermänner? Mein Gott, es gab nahezu endlos viele Fragen und Möglichkeiten. Und was würde am 21. März geschehen? Ich hatte ein verdammt schlechtes Gefühl und hoffte, rechtzeitig herauszufinden, worum es ging.
„Dies war ein Warnschuss. Beim nächsten Mal machen sie ernst“, sagte Ariano, „ab jetzt bekommst du Personenschutz. Ich stelle dir einen Mann vors Haus.“
„Quatsch! Ich kann schon alleine auf mich aufpassen.“
„Das kannst du bestimmt, aber ich fühle mich besser, wenn einer meiner Leute dich im Auge behält. Außerdem hast du doch kein Auto mehr. Lass dich einfach von uns fahren.“
„Na gut. Ich kann es dir wohl nicht ausreden.“ Vielleicht war es gar nicht schlecht, die nächsten Schritte zu zweit zu unternehmen. Ich hatte da schon eine Idee.
Während Ariano und ich darüber diskutierten und die Spurensicherung draußen auf der Straße die Reste meines Autos einsammelte, klingelte sein Telefon.
Er nahm ab und wurde Sekunden später blass. „Verdammte Scheiße. Das hat uns gerade noch gefehlt! Ich komme sofort.“
Ich schaute meinen Freund fragend an.

„Posspechil hat versucht, sich in seiner Zelle in der U-Haft umzubringen. Er hat sich mit seinem Essbesteck die Pulsadern aufgeritzt. In diesem Moment ist er unterwegs ins UKE. Offenbar hatte er schon viel Blut verloren, bis man ihn gefunden hat."
„Habt ihr ihn so sehr in die Mangel genommen, dass er keinen Ausweg mehr gesehen hat?"
„Nur das Übliche. Aber er fürchtet sich mehr vor seiner Mutter als vor uns. Ketchup hat gestern am späten Nachmittag noch eine Hure in einer Modellwohnung an der Gärtnerstraße ausfindig gemacht, die ihn erkannt und mit ein wenig sanftem Druck aus dem Nähkästchen geplaudert hat. Offiziell aussagen will sie nicht, aber er hat sie – wohlgemerkt – einvernehmlich und gegen Bezahlung ausgepeitscht, mit heißem Kerzenwachs übergossen und einiges Unappetitliches mehr mit ihr angestellt. Dabei hat er unverständliches Zeug gebrabbelt, von irgendeiner Göttin und Hexen und so weiter. Sie hatte Angst, an einen Wahnsinnigen geraten zu sein. Als wir ihn mit der Aussage dieser Frau konfrontiert haben, brach er zusammen, schwankte zwischen Hasstiraden auf die Frauen, die in seinen Augen allesamt dreckige Schlampen und Huren sind, und Angst vor seiner Mutter, der er nie wieder unter die Augen würde treten können, wenn das alles herauskäme. Er wäre unrein und besessen und würde sich dem Reinigungsritual unterziehen müssen. Er hielt aber daran fest, nichts mit Kims Tod zu tun zu haben."
„Das hat er wohl auch nicht, selbst wenn er ein perverser Wurm ist", sagte ich. „Hoffentlich kommt er durch."
„Jetzt muss ich aber los", sagte Ariano, „wir telefonieren."
Meine Kopfschmerzen hatten sich nicht zuletzt durch die Tabletten weitgehend aufgelöst. Zwar fühlte ich mich, als sei ich einen Marathon gelaufen und dabei alle zwei Kilometer gegen einen Lastwagen gerannt, aber es kam nicht

infrage, mich hängen zu lassen, zumal dieses Datum in der nächsten Woche im Raum stand. Ich hatte einfach keine Zeit! Noch einmal setzte ich Limo auf Frida und die Hamburg-Dolls an und bat sie, sicherheitshalber zu überprüfen, ob am 21. März irgendein sensibles, öffentliches Ereignis anstand. Das Schlimme war nur, dass ich überhaupt nicht eingrenzen konnte, wonach sie suchen sollte. Es konnte ein Schiff mit zwei Tonnen Kokain aus Kolumbien einlaufen, eine Lieferung Frischfleisch fürs Bordell aus Russland ankommen oder ein Attentat auf den Ersten Bürgermeister geplant sein. Möglicherweise hatte Kim aber auch einfach nur einen Friseurtermin zum Haare-Nachfärben.

Meine Mitarbeiterin war frustriert, dass sie in diesem Fall mit ihren digitalen Talenten nicht nennenswert weiterkam.

„Die machen ihre schmutzigen Geschäfte offenbar immer noch altmodisch analog", seufzte sie, „alles, was ich finden kann, ist harmlos und korrekt. Nicht einmal im Darknet gibt es irgendetwas von Bedeutung über diese Dolls."

„Such du weiter nach Spuren im Netz", sagte ich, „ich mache es genauso altmodisch wie unsere Gegner. Ich setze mich ganz analog vor die Agentur und schaue mal, wer da kommt und geht."

„Pass bloß auf dich auf", ermahnte mich Limo mit sorgenvollem Gesicht. „Leck mich fett! Ich fände es wirklich uncool, wenn es dich reißt."

„So kann man es auch ausdrücken. Aber keine Sorge. Auch mein Interesse, umgelegt zu werden, tendiert gegen null. Ich habe ja Arianos Schutzengel im Schlepptau."

„Wer ist es, Kurry oder Ketchup oder beide?"

„Weiß ich noch nicht."

Ich zog mich im Büro um, schnappte mir meine Kamera mit Teleobjektiv und ging hinaus zu dem dunkelblauen Passat-Kombi, der vor der Quaestoria parkte. Dort erlebte ich eine Überraschung. Der Mann, den Ariano mir vor die

Tür gesetzt hatte, war eine Frau: Weder Kurry noch Ketchup saßen am Steuer, sondern Isabelle Bergson, die neue Kollegin.
Ich öffnete die Beifahrertür und setzte mich neben sie.
„Guten Tag, Herr Nietsch“, sagte sie, während sie mir besorgt auf der Suche nach Verletzungen ins Gesicht schaute, „sind Sie okay?“
„Frisch wie Altländer Fallobst“, sagte ich. „Alles gut bis auf ein paar Druckstellen. Ich schlage vor, wir duzen uns. Ich bin Freddie. Du bist also mein Wachhund. Eine bessere Gelegenheit, sich kennenzulernen, als eine gemeinsame Observierung gibt es kaum.“
„Isabelle“, sagte sie und schüttelte meine Hand, „ich freue mich darauf, mit dir zu arbeiten. Wohin soll es zuerst gehen?“
„In die Isestraße, zu den Hamburg-Dolls.“ Auf dem Weg nach Eppendorf brachte ich sie auf den aktuellen Stand.
Der Passat war unauffälliger als mein rotes Bötchen. Auf der alten Straße unter dem U-Bahn-Viadukt war Isemarkt, Hamburgs schönster Wochenmarkt, sodass es quasi unmöglich war, direkt vor dem Haus zu parken. Wir brauchten Geduld, bis wir einen akzeptablen Platz auf der anderen Straßenseite gefunden hatten, der es erlaubte, trotz des Marktbetriebs die Haustür der Dolls im Blick zu haben, ohne aufzufallen oder den Marktablauf zu stören. Andererseits herrschte durch den Markt viel Trubel, in dem wir leicht untertauchen konnten. Wir fotografierten jede Person älter als fünfzehn, die das Haus verließ oder betrat. Irgendwann tauchte Frida auf und kam direkt auf uns zu. Ich ging im Fußraum des Wagens in Deckung, während sie unmittelbar vor unserer Motorhaube entlanglief. Glücklicherweise bemerkte sie mich nicht. Auf mein Geheiß stieg Isabelle aus und folgte ihr unauffällig, aber die alte Dame tat nichts anderes als alle anderen Leute auf dem Markt.

Sie kaufte ein und kam eine halbe Stunde später mit überquellendem Korb zurück.
Die Zeit verging relativ ereignisarm, aber durch den belebten Markt gab es immerhin viel Augenfutter. Insgesamt hatte das Observieren zu zweit gewisse Vorteile. So war es weniger langweilig, es war einfach, sich an einem der Stände etwas zu essen und einen Kaffee zu holen, und wir konnten uns beim Starren auf den Eingang abwechseln, sodass keiner einen Augenkrampf bekam. Einen kleinen Haken hatte die Sache allerdings. Nachdem Isabelle die anfängliche Zurückhaltung abgelegt hatte und aufgetaut war, entpuppte sie sich als eine ziemliche Sabbeltasche und redete zeitweilig ohne Punkt und Komma. So kannte ich nach kurzer Zeit ihre Lebensgeschichte und die ihrer drei besten Freundinnen. Irgendwann bat ich sie freundlich darum, mal eine Pause zu machen, was sie dann erst mal zum Schweigen brachte.
„Du bist doch jetzt nicht sauer?“, fragte ich.
„Nein“, antwortete sie, „ich weiß schon, dass ich viel rede. Eigentlich ist es gut, dass du was gesagt hast, als es dich genervt hat. Es gibt Leute, die nichts sagen und mir dann aus dem Weg gehen.“
Inzwischen war der Nachmittag schon fortgeschritten, und die Marktleute fingen an, ihre Stände abzubauen. In der allgemeinen Unruhe hätte ich beinahe den Mann übersehen, der zielstrebig auf die Agentur zusteuerte. Er hatte seinen protzigen Sportwagen gleich vor dem Haus geparkt. Jetzt, wo der Markt sich auflöste, gab es Platz genug.
Isabelle hatte „Schicht“ und fotografierte, während ich der Obsthändlerin mit dem dicken, blonden Zopf beim Einpacken ihrer Ware zuschaute. Durch den langen Tag in der kühlen, frischen Luft leuchteten ihre Wangen so rot wie ihre Äpfel. Mir gefiel, dass sie vom Verderben bedrohte Früchte den Obdachlosen schenkte, die jetzt auf dem

Markt auftauchten. Es wurde gefegt, Kisten wurden gefüllt und gestapelt, Zelte abgebaut und mit den Anhängern rangiert. Die Händler riefen sich laut Abschiedsgrüße zu und rollten mit ihren Feinstaub-Dieseln auf die Straße. Ich schaute eher zufällig in die richtige Richtung, als der Mann aus seinem Wagen stieg.
„Diesen Mann habe ich schon mal gesehen“, rief ich dann. Aber ich wusste nicht mehr wo. Er war groß und kräftig, trug einen dunklen Anzug und einen Hut. Auf Wangen und Kinn sorgte starker Bartwuchs für dunkle Schatten. Als er im Hauseingang verschwunden war, schaute ich mir auf dem kleinen Kamera-Monitor die Fotoserie an, die Isabelle geschossen hatte. Verdammt! Woher kannte ich den Kerl? Ich vergrößerte das Bild, um sein Gesicht besser erkennen zu können. Ohne Frage, ich war ihm schon mal begegnet. Im Moment hatte ich einen Blackout, aber ich war sicher, dass es mir noch einfallen würde. Wahrscheinlich hatte mein Kurzzeitgedächtnis durch den Schlag auf den Kopf gelitten, den ich bei die Explosion meines Autos abgekriegt hatte. Überhaupt ging es mir durch das lange Sitzen im Auto nicht besser, aber aufgeben würde ich nicht.
Als der Mann zwanzig Minuten später das Haus wieder verließ und in seinen Wagen stieg, gaben wir unseren Beobachtungsposten auf und folgten ihm unauffällig.
Die Fahrt endete nach kurzem Weg im Laufgraben, einer Parallelstraße zwischen Bundesstraße und Schröderstiftstraße. Dort verschwand er in einer Souterrainwohnung mit separatem Eingang. Isabelle gab über Funk die Adresse durch und bat um Informationen über den Wohnungsinhaber. Zehn Minuten später erfuhren wir, dass die Räume von Rechtsanwalt Schein-Heilig angemietet wurden.
„Okay, dann hängt diese Wohnung also mit der Agentur zusammen“, sagte ich, „das ist nicht wirklich überraschend. Wir bleiben hier und behalten sie im Auge.“

Während wir wie die Katze vor dem Mauseloch auf der Lauer lagen, zermarterte ich mir weiter den Kopf, woher ich diesen Typen kannte.
„Der Hut!", rief ich plötzlich. „Der Hut hat mich irritiert. Jetzt weiß ich es wieder. Der Mann hat eine Schwangere im Wartezimmer der gynäkologischen Klinik begleitet. Dort habe ich ihn gesehen. Das kann kein Zufall sein."
Ich war ganz sicher und rief sofort Ariano an, der jetzt auch aufhorchte. „Das gibt in der Tat zu denken", sagte mein Freund, „also besteht über Kims Bookmark und ihren Ausdruck der Seite von Olinka hinaus noch eine Verbindung zwischen der Klinik und den Hamburg-Dolls."
„Das ist so klar wie Kloßbrühe", sagte ich, „und es sagt uns auch, dass Kim die Dolls oder auf jeden Fall Olinka über ihre Arbeit und nicht privat kannte."
„Aber was hat eine renommierte Geburtsklinik mit einer Callgirl-Agentur zu tun?"
„Abtreibungen", sagte ich. „Huren werden manchmal schwanger, wenn sie die Pille vergessen oder das Gummi reißt und der Schuss im Ziel landet. Shit happens. Und was passiert dann? Es wird abgetrieben."
„Und da kommt die Klinik von Clemens und Wildmüller ins Spiel", sagte Ariano in fragendem Tonfall. „Das klingt irgendwie plausibel. Aber andererseits ist die abruptio graviditatis, der Schwangerschaftsabbruch, in Deutschland nicht illegal. Das kann also nicht der Grund sein, aus dem Kim erschlagen wurde."
„Vielleicht ist dabei etwas schiefgelaufen, Olinka ist gestorben und Kim wollte petzen", sagte ich.
„Das Risiko, dass bei einer legal durchgeführten Abtreibung in steriler Umgebung heutzutage etwas schiefläuft, liegt bei 0,8 auf 100.000 Fälle", sagte Ariano, „und die Klinik genießt einen hervorragenden Ruf."
„Vielleicht lagen bei Olinka besondere Umstände vor",

wandte ich ein, „gesundheitliche Risiken, die sie zu dem einen Fall unter hunderttausend gemacht haben."

„Das wäre tatsächlich eine Möglichkeit", meinte Ariano nachdenklich, „und ein Todesfall bei einer Abtreibung wäre ganz schlecht für das Image der Klinik."

„Vor allem, wenn noch weitere dubiose Umstände hinzukommen", sagte ich. „Aber was ist mit dem Datum, 21. März? Was wird da geschehen? Ich habe ein ganz schlechtes Gefühl."

„Ich weiß es nicht. Wie auch immer. Irgendetwas läuft nicht koscher zwischen der Klinik und den Dolls", sagte Ariano.

„Wie geht es Posspechil?"

„Schon viel besser. Er wird wahrscheinlich schon heute entlassen."

„Das ist beruhigend. Schließlich haben wir ihn da reingeritten", sagte ich. „Hoffentlich kann er sich jetzt von seiner Mutter emanzipieren. Zeit wird's."

„Seine Glaubensschwestern wirbeln mächtig Staub auf", sagte Ariano.

„Wieso?"

„Sie malen mit Kreide merkwürdige Symbole auf die Straße vor dem Krankenhaus und halten rund um die Uhr eine Mahnwache. Ihr Anwalt hat formell Beschwerde eingelegt und verlangt eine interne Untersuchung der Angelegenheit."

„Mist. Aber wir haben nichts falsch gemacht", sagte ich.

„Was hast du als Nächstes vor?"

„Ich fahre zurück in die Quaestoria. Mal sehen, ob Limo noch was ausgegraben hat."

„Richte bitte Isabelle aus, dass ich gleich eine Ablösung schicke. Das arme Mädchen hat dich lange genug aushalten müssen."

„Na, so scheußlich bin ich doch wohl nicht."

„Der Tag war total spannend, Chef“, rief nun Isabelle, die natürlich alles mitgehört hatte.
„Das klingt ja fast so, als wolltest du dich von Freddie abwerben lassen“, sagte Ariano lachend, „aber denk dran. Er kann dir keinen Pensionsanspruch bieten.“
Wir fuhren zurück nach Ottensen, aber da Limo bereits Feierabend gemacht hatte, wollte auch ich für diesen Tag aufhören. Isabelle blieb im Auto und wartete auf die Ablösung, während ich nach oben in meine Wohnung ging. Ich fühlte mich ausgelaugt und mir brummte heftig der Schädel. Aber das war auch kein Wunder nach dem Bombenanschlag auf mein Auto am Morgen. Ich nahm ein heißes Bad und legte mich anschließend mit einem Buch ins Bett: Tony Hillermann, Tod am heiligen Berg, ein Krimi, der im Indianermilieu spielt, mit einem indianischen Ermittler. Vielleicht konnte ich da ja noch etwas lernen. Schließlich hatte ich es auch mit Medizinleuten, Hexen und Druiden zu tun. Kurz vor dem Einschlafen zog mir noch einmal der Tag durch den Kopf. Isabelle ist eigentlich ganz süß, war mein letzter Gedanke, auch wenn sie ein bisschen viel redet. Dann schlief ich ein.

7

Ich schlief lange und hatte Mühe, aus dem Bett zu kommen. In der Nacht war ich mehrmals aufgewacht und wusste nicht, wie ich mich drehen sollte, um eine halbwegs schmerzfreie Position zu finden. Offenbar hatte der Anschlag mich doch härter getroffen als gedacht. Alle Knochen taten mir weh. Als ich es endlich geschafft hatte aufzustehen, schaute ich zum Fenster heraus und sah den dunklen Polizei-Passat wie erwartet unten vor meiner Haustür stehen. Ich raffte meine Kraft zusammen, um Brötchen zu holen. Ich wollte Isabelle, die ich unten im Auto vermutete, zum Frühstück einladen, musste aber auf dem Weg zum Bäcker enttäuscht feststellen, dass nicht sie, sondern Kurry und Ketchup unten vor meinem Haus saßen und Wache hielten.

„Hey Jungs“, sagte ich mitfühlend, „ihr seht echt fertig aus. Habt ihr euch für mich die Nacht um die Ohren geschlagen? Das ist wirklich nett.“

„Danke für das Kompliment, aber du hast auch schon mal besser ausgesehen. Nein. Wir sind erst seit heute Morgen um neun Uhr hier. So fertig sehen wir morgens immer aus. Die Nacht haben zwei andere übernommen“, sagte Kurry ein wenig verschnupft.

„Tut mir leid, die Explosion gestern ist mir wohl leicht auf die Augen geschlagen. Soll ich euch trotzdem einen Kaffee mitbringen?“

„Auf die Augen und auf den Kopf“, sagte Kurry.

„Kaffee ist ja wohl das Mindeste“, meinte Ketchup.

„Wo ist Isabelle?“

„Sie löst uns am Mittag ab.“

„Hoho, daher weht der Wind“, sagte Kurry, „du magst die neue Kollegin. Da bist du nicht der Einzige.“

„Ach was. Wer denn noch?“
„Dazu sage ich besser nichts“, sagte Kurry und deutete mit den Augen auf Ketchup.
„Kannst du mal aufhören“, sagte dieser leicht gereizt.
Kurry lachte.
„Sie ist schon süß“, gab ich zu.
Ich kaufte den Jungs ToGos und für mich ein paar Brötchen. Dann ging ich wieder nach oben in meine Wohnung, um in Ruhe zu frühstücken. Am späten Vormittag rief mein Vater an. Er hatte in der Zeitung von dem Bombenanschlag gelesen und machte sich Riesensorgen. Zwar wurde mein Name nicht genannt, aber es war die Rede von „einem bekannten Hamburger Privatdetektiv“, und aufgrund der Ortsangabe konnte er zwei und zwei zusammenzählen und wusste gleich, dass es um mich ging. Ich beruhigte ihn und versprach, am Nachmittag zum Kaffee vorbeizukommen.
Den Rest des Vormittags vertrödelte ich. Erst gegen Mittag konnte ich mich aufraffen, in die Quaestoria zu gehen.
Limo drückte mir als Erstes einen Autoschlüssel und Papiere in die Hand. „Mietwagen“, sagte sie, „steht um die Ecke in der Ottenser Hauptstraße.“
Das Mädchen verblüffte mich immer wieder. Noch bevor ich an einen Mietwagen auch nur dachte, hatte sie schon einen organisiert.
„Ein A 180. Ich hoffe, dass passt.“
„Alles gut“, sagte ich, „danke. Wieso bist du überhaupt hier? Heute ist doch Samstag.“
„Nach dem, was gestern passiert ist, lasse ich dich bestimmt nicht allein. Ich mache frei, wenn wir diese Geschichte hinter uns haben.“
„Danke.“ Ich berichtete ihr von meinen gestrigen Erkenntnissen, von der Wohnung im Laufgraben und der Verbindung zwischen den Hamburg-Dolls und der Klinik. „Bist du auch weitergekommen?“

„Nicht besonders. Bei den Hamburg-Dolls spielt sich digital einfach nicht viel ab. Sie betreiben ihre Webseite, und damit hat es sich schon fast. Dazu gibt es noch das E-Mail-Konto und die abgeschalteten Seiten der Frauen, die pausieren oder ausgeschieden sind. Ein paar Buchungen sind per E-Mail gekommen, aber das meiste ist wohl telefonisch abgelaufen. Keine Dateien zur Buchführung, keine Abrechnungen, nichts, was Aufschluss über die finanziellen Verhältnisse gibt oder verrät, wohin das Geld fließt. Offenbar wird das Geschäft überwiegend bar abgewickelt. Kreditkartenabrechnungen mit Kunden übernimmt ein Dienstleister in Irland. Das Geld landet dann auf dem Konto einer GmbH, deren Geschäftsführer unser guter Herr Schein-Heilig ist. Es ist erschreckend, wie altmodisch die sind."
„Altmodisch und vorsichtig", sagte ich. „Was ist mit Frida?"
„Gar nichts." Limo zog ein Gesicht. „Es ist quasi unmöglich, etwas über eine alte Dame herauszufinden, von der nur der Vorname bekannt ist und die anscheinend keinen Computer besitzt."
„Wobei Frida wahrscheinlich nur ein Spitzname ist", warf ich ein, „und sicherlich zählt sie auch nicht zur Generation Facebook. Ich glaube auch, dass sie noch nie im Leben einen Computer angefasst hat. "
Limo nickte. „Du musst mir mehr Futter geben. Wie heißt sie? Wann ist sie geboren? Das könnte schon reichen."
„Ich tue, was ich kann. Hast du dich schon mit Rechtsanwalt Schein-Heilig beschäftigt?"
„Noch nicht. Mach ich gleich."
„Gut."
„Der nächste Donnerstag, der 21. März, scheint ein ganz normaler Tag zu sein. Weder der Papst noch die Queen kommen nach Hamburg. Ich denke, es geht um etwas in

Kims oder Olinkas direktem Umfeld, also um die Agentur oder die Klinik."

„Wir brauchen rundherum mehr Informationen. Es ist unmöglich, etwas im Heuhaufen zu finden, ohne zu wissen, was man sucht. Da wäre es sogar leichter, nach der sprichwörtlichen Nadel Ausschau zu halten."

„Zweierlei ist mir allerdings aufgefallen, als ich mir die Klinikabrechnungen angesehen habe. Ich weiß aber nicht, ob das von Bedeutung ist."

„Sag schon."

„Es sind nie alle Betten belegt und das, obwohl reihenweise Anfragen mit dem Hinweis abgelehnt werden, sie seien ausgebucht. Und ich finde, es kommen ungewöhnlich viele Patientinnen von weit her, um ihre Kinder an der Elbchaussee zur Welt zu bringen, sogar aus dem Ausland."

„Hmh. Ich habe keine Ahnung, ob das ungewöhnlich ist", sagte ich. „Bleib am Ball. Ich fahre noch mal zur Klinik und konfrontiere Clemens mit den Hamburg-Dolls. Vielleicht kann ich ihn ja zu einer unbedachten Äußerung provozieren."

Ich schaute zur Uhr. Was hatte Ketchup gesagt. Isabelle würde sie ab Mittag ablösen. Dann sollte sie jetzt da sein. Aber noch immer saßen Kurry und Ketchup in dem Auto.

„Ich fahre nach Blankenese zur Klinik", sagte ich. „Fahrt ihr hinter mir her?"

„Warum fährst du nicht mit uns? Der Wagen ist für fünf Personen zugelassen", wunderte sich Ketchup.

„Ich will meinen Mietwagen ausprobieren. Bis später."

Ich brauchte etwas Zeit, um mich zu orientieren. Das Auto hatte ein Navi. Zwar kannte ich den Weg nach Blankenese quasi im Schlaf, aber da ich bisher noch nie so ein Gerät benutzt hatte, wollte ich es einfach mal ausprobieren, und so drückte ich eine Weile auf den Tasten herum, bis ich herausgefunden hatte, wie es funktioniert. Dann leitete mich eine freundliche Frauenstimme, erklärte mir sanft, wo und in welche Richtung ich abbiegen sollte, und stellte unbewegt, ohne mir böse zu werden, fest, dass ich falsch gefahren war, nachdem ich mich unterwegs anders entschieden hatte und einen Schlenker in den Philosophenweg fuhr, um endlich mit Frau Clemens zu sprechen. Ich fragte mich, ob es möglich wäre, die Stimme zu provozieren, sie dazu zu bringen, sich sauer oder wütend anzuhören. Würde sie schimpfen, schmollen oder meckern, wenn jemand partout nicht auf ihre Ansagen hörte? Oder lustig wäre es, wenn sie Freude ausdrücken könnte, sobald sie jemanden sicher ans Ziel gebracht hatte. Sie musste ja nicht gleich die „Ode an die Freude" anstimmen, aber vielleicht so etwas wie: „Hurra, Freddie, du bist jetzt da!" Als ich ausgestiegen war und Kurry und Ketchup kurz über die Planänderung informieren wollte, saß überraschenderweise Isabelle in dem Auto, das mich verfolgt hatte. Ich hatte vor der Quaestoria so lange an dem Navigationsgerät herumgedaddelt, dass sie in der Zwischenzeit von mir unbemerkt Kurry und Ketchup abgelöst hatte.

Wieder öffnete mir das Kindermädchen, aber dieses Mal hatte ich Glück. Mireille Clemens war zu Hause. Mercedes führte mich in eine große, offene Küche, in der Frau Clemens am Tisch saß und Kaffee trank, während sie mit einer Hand eine Kinderschale schaukelte, die neben ihr stand. Das Kind darin war still. Ich schätzte sie ähnlich wie ihren Mann auf etwa vierzig. Sie wirkte durchsichtig, mit großen, blassblauen Augen und hellrosa Lippen, aber mit einem willensstarken Zug um den Mund. Dabei war sie aber sehr apart mit blassem Teint, Sommersprossen und schmalen Händen mit langen Fingern. Irgendwie erinnerte sie mich an die junge Mia Farrow aus Rosemarys Baby von Polanski, und es tat mir sofort leid, dass ich ihr Kummer bereiten würde, indem ich ihr von dem Ver-

hältnis ihres Mannes mit Kim Wozniak erzählte. Offenbar war ich, was Frauen betraf, wirklich ein Sensibelchen mit überzogenem, männlichen Schutzreflex.
„Bitte setzen Sie sich, Herr Nietsch“, sagte sie, „auch einen Kaffee?“
Als ich nickte, holte Mercedes eine weitere Tasse aus dem Schrank und schenkte mir ein.
„Mein Mann hat mir von Ihnen erzählt und mich darauf vorbereitet, dass Sie kommen“, sagte sie.
„Dann wissen Sie es schon“, sagte ich, erleichtert, dass es mir erspart blieb, der Überbringer böser Nachrichten zu sein.
„Ja“, antwortete sie, „und es hat mich hart getroffen. Warum tun Männer so etwas? Ich sitze zu Hause mit unserem Baby, und Clemens hat nichts Besseres zu tun, als mich mit einer anderen Frau zu betrügen. Und dann auch noch auf so eine niederträchtige Art und Weise.“
„Es tut mir leid“, sagte ich, und ich meinte, was ich sagte.
Sie schaute mir in die Augen. „Sie machen so etwas nicht“, sagte sie dann.
„Das wäre nicht mein Stil“, sagte ich fast verlegen. War ich deshalb unmännlich?
„Wie auch immer. Trotzdem hat er die Wahrheit gesagt. Er war gegen acht Uhr zu Hause. Wir haben gegessen, ferngesehen und dann nebeneinander im Ehebett geschlafen. Wobei ‚schlafen‘ nicht ganz das richtige Wort ist.“ Sie deutete auf die Krippe. „Justus hatte eine schlechte Nacht und hat oft geschrien. Wir haben uns immer wieder um ihn kümmern müssen.“
Ich stand auf. „Werden Sie Ihrem Mann verzeihen?“
Sie nickte. „Ja. Sie wissen doch. Wir Frauen sind leidensfähig.“
„Und großherzig. Sind Sie eigentlich berufstätig?“ Das ging mich eigentlich nichts an, aber ich war neugierig.

„Ich bin auch Ärztin“, sagte sie, „Internistin. Clemens und ich haben uns als Studenten kennengelernt, aber seit Justus’ Geburt arbeite ich nicht mehr.“
Ich schaute zu Mercedes. „Warum? Sie haben doch ein Kindermädchen.“
„Die Geburt war sehr schwer und hätte mich beinahe das Leben gekostet. Ich kann auch keine weiteren Kinder mehr bekommen. Glücklicherweise war ich in guten Händen.“
„Bei Ihrem Mann?“
„Nein. Bei Antje.“
„Außerdem ist Justus nicht gesund. Man muss sich ständig um ihn kümmern. Haben Sie Kinder, Herr Nietsch?“
„Nein. Ich habe noch nicht einmal eine Frau.“
„Kein Kind, keine Frau, kein Schmerz“, sagte sie.
Ich verabschiedete mich, bevor das Gespräch ins allgemein Philosophische abrutschte.
Nachdem ich den Wagen gestartet hatte, brachte das Navi mich zurück auf den richtigen Weg und teilte mir wie erwartet unverändert freundlich mit, dass ich angekommen sei, als ich, den Polizei-Passat mit Isabelle im Schlepptau, auf den Parkplatz der Klinik rollte.
Ich winkte ihr zu und überlegte kurz, ob ich sie mit hinein nehmen sollte, entschied mich jedoch dagegen.
Obwohl es Samstag war, saß wie gewohnt Frau Brockmann am Empfang. Anscheinend brauchte sie kein freies Wochenende und keinen Urlaub, wahrscheinlich nicht einmal eine Wohnung. Sie sah immer vollkommen gleich aus, als hätte sie ohne Pause dort gesessen und würde für immer dort sitzen, sieben Tage die Woche, Tag und Nacht, ein Teil der Ewigkeit, ohne sich zwischendurch umzuziehen, ohne den leicht hochnäsigen Gesichtsausdruck zu verändern und ohne ihre steife Haltung aufzugeben. Ob jemals biologische Notwendigkeiten sie dazu trieben, ihren Platz zu verlassen? Oder gab es Schlauchanschlüsse

unter dem Tisch? Ich spielte kurz mit dem Gedanken, dass Frau Brockmann Kim erschlagen hatte, um Schaden von ihrer Klinik abzuwenden, aber das konnte ich mir letztlich doch nicht vorstellen, zumal sie dazu für eine Weile ihren Platz am Empfang hätte verlassen müssen.
Als sie mich sah, griff sie sofort zum Telefon: „Herr Nietsch ist wieder da“, was sich ein wenig so anhörte wie: „Der lästige Pickel auf meinem Hintern ist wieder da.“
„Herr Dr. Clemens holt Sie sofort ab“, sagte sie, bevor ich auch nur guten Tag gesagt hatte.
„Auch am Wochenende im Einsatz“, bemühte ich mich um ein wenig netten Smalltalk.
„Babys fragen nicht nach dem Wochentag oder der Uhrzeit“, belehrte sie mich mit ernster Miene. „Wenn sie in die Welt wollen, dann geschieht es, egal ob am Sonntag oder mitten in der Nacht.“
Ich musste nicht lange warten, bis der Doktor auftauchte und mich in sein Büro führte. Während er bei meinen ersten Besuchen souverän und ruhig auftrat, wirkte er inzwischen angespannt und nervös.
„Warum haben Sie mich neulich belogen?“, fragte ich und schaute betrübt drein. „Sie wollten doch mit offenen Karten spielen.“
Er schien verblüfft. „Wieso belogen? Was meinen Sie?“
„Sie haben mir gesagt, Sie kennen die Hamburg-Dolls nicht.“
„Das ist aber so. Ich habe keine Ahnung, wovon Sie sprechen.“
„Die Begleitagentur, deren Mädchen Sie behandeln. Ich nehme an, dass es um Abtreibungen geht.“
Er lachte. „Ach. Das meinen Sie. Aber was ist dabei? In Deutschland ist der Schwangerschaftsabbruch innerhalb der ersten drei Monate glücklicherweise legal. Und natürlich behandeln wir Frauen ohne Ansehen ihres Berufs. Ich

bin sicher, dass sich einige Damen aus der Halbwelt unter unseren Patientinnen befinden, aber ich weiß nicht, in welchem Bordell oder bei welcher Agentur sie ihrer Arbeit nachgehen. Insofern noch einmal: Nein, ich kenne diese Hamburg-Dolls nicht, selbst wenn sich einzelne Frauen von dort bei uns behandeln lassen."

„Wie läuft so etwas eigentlich genau ab?"

„Wovon reden Sie jetzt?"

„Eine Frau, im zweiten Monat schwanger, kommt zu Ihnen und will abtreiben. Wie verfahren Sie?"

„Wie das Gesetz es vorschreibt. Es gibt eine Erstuntersuchung, dann ein Beratungsgespräch mit Dr. Wildmüller oder mit mir. Das ist allerdings in der Regel eine Formalie. Wenn die Frau weiterhin den Abbruch wünscht, führen wir diesen in unserer Klinik aus, und zwar jeweils derjenige Arzt, der nicht an der Beratung beteiligt war. In der Regel ist ein Abbruch mit einer Übernachtung in unserer Klinik verbunden, manchmal geht es aber auch ambulant."

„Und abgerechnet wird über die Kasse?"

„Je nach Versicherungslage. Wir betreuen natürlich auch gerne Privatpatientinnen."

„Und wie die Frauen zu Ihnen kommen, wissen Sie nicht?"

„Nein. Aber viele kommen auf Empfehlung. Bisher erreichen wir ein hohes Maß an Zufriedenheit bei unseren Patientinnen. Die Frauen fühlen sich gut behandelt und sicher bei uns."

„Deshalb kommen viele auch von weit her."

„Ist das so? Ich habe mir noch nicht die Mühe gemacht herauszufinden, woher unsere Patientinnen kommen. Um das Administrative und die Abrechnungen kümmert sich unsere gute Seele, Frau Brockmann."

Als gute Seele hatte ich den Zerberus vom Empfang bisher noch nicht gesehen. „Geht auch mal etwas schief?"

„Wie meinen Sie das jetzt?"

„Ärztliche Kunstfehler?" Ich schaute ihm provozierend ins Gesicht.
„Wollen Sie uns da etwas unterstellen?" Er reagierte verständlicherweise bissig.
„Nein. Ich frage nur."
„Bisher nicht. Toi, toi, toi. Wir hatten Glück. Aber Sie kennen Murphys Gesetz."
Ich nickte und zog den Ausdruck mit dem Foto von Olinka aus der Tasche. „Gehört diese Frau zu Ihren Patientinnen?"
Er schaute auf die Abbildung. „Nein. Wieso?"
„Sie steht in irgendeinem Zusammenhang mit dem Tod von Kim Wozniak."
Er schaute noch mal auf das Bild. „Nein. Ich habe sie definitiv noch nie gesehen."
„Ich werde allmählich ungeduldig", sagte ich und ging zur Tür. „Sie können sich darauf verlassen, dass ich so lange bohre, bis ich auf die Wahrheit stoße."
„Wollen Sie etwa andeuten, dass ich lüge?" Der bisher aalglatte, immer freundliche Arzt zeigte zum ersten Mal Nerven. Sein Dauerlächeln war für einen Moment gefroren.
„Unter uns gesagt: ja", antwortete ich, „und Sie sind ein schlechter Lügner." Damit verließ ich das Büro.
Draußen setzte ich mich kurz zu Isabelle ins Auto, um ihr zu sagen, dass ich weiter zu meinen Eltern nach Rissen fahren wollte. Ich schrieb ihr die Adresse auf, für den Fall, dass wir uns im Verkehr verlieren sollten.
Sie blieb mir auf den Fersen, und wir erreichten gleichzeitig mein Elternhaus. Ich ging hinüber zu ihrem Auto.
„Du kommst am besten mit rein. Es ist doch öde, die ganze Zeit im Wagen zu sitzen, während ich drinnen Kaffee trinke und Käsekuchen esse."
„Aber es ist doch ein privater Besuch bei deiner Familie. Da will ich mich nicht reindrängen."
„Das tust du nicht. Aber ich muss dich warnen. Meine

Mutter ist sehr schwerhörig und versteht notorisch alles falsch. Das kann ziemlich nerven."
„Meinst du wirklich?"
„Ja. Aber jetzt entscheide dich."
Kaffee und Kuchen erschienen ihr verlockender, als im Auto Kreuzworträtsel zu lösen oder Däumchen zu drehen.
„Also gut." Sie stieg aus, schloss den Wagen ab und begleitete mich hinüber zum Haus meiner Eltern.
Wie üblich öffnete mein Vater, der Oberstudienrat im Ruhestand, die Tür, denn meine Mutter hörte das Klingeln nicht und übersah oft das rote Blinklicht, das zusätzlich zum Audiosignal anzeigte, dass jemand draußen stand und Einlass begehrte.
„Lass dich ansehen, Junge", sagte mein Vater, nachdem er meine Umarmung über sich hatte ergehen lassen. „In der Zeitung stand, du seist verletzt worden?"
„Halb so schlimm. Nur eine Beule am Hinterkopf, aber mein Auto ist hin." Ich zeigte auf den A180. „Ich habe einen Leihwagen. Das ist übrigens Isabelle Bergson, eine Kollegin von Ariano. Ich genieße jetzt Personenschutz und werde rund um die Uhr bewacht."
„Guten Tag, Frau Bergson. Herzlich Willkommen." Während er uns ins Esszimmer führte, bat er darum, meiner Mutter nichts von dem Bombenanschlag zu erzählen, da diese sich ohnehin immer sehr große Sorgen um mich machte, seitdem ich als Privatschnüffler arbeitete. Die Zeitung hatte er wohlweislich verschwinden lassen.
Sie war in der Küche und kochte den Kaffee. Als sie Isabelle sah, ging ein Strahlen über ihr Gesicht. „Junge, wie wunderbar! Du stellst uns endlich deine Freundin vor!", rief sie entzückt.
Verdammt. Daran hätte ich denken müssen. Dieses Missverständnis musste ich schnellstmöglich ausräumen. Seit dem Ende meiner Beziehung mit Heike lebte meine Mut-

ter in der Angst, ich würde eines Tages an Einsamkeit und gebrochenem Herzen zugrunde gehen, und obwohl sie mit Henning, dem Sohn meiner Schwester Daphne, schon einen Enkel hatte, wünschte sie sich nichts sehnlicher, als dass auch ich meinen Beitrag zur Erhaltung der Familiendynastie leistete und endlich eine Familie gründete.
„Das ist Frau Bergson. Sie ist Polizistin. Wir arbeiten zusammen“, rief ich in ihr Hörgerät, aber sie war so aufgeregt, dass sie nichts verstand.
„Frauke zieht mit ihrem Sohn in die Berge?“, fragte sie irritiert. „Jetzt, wo ihr zusammen seid?“
„Nein. Sie heißt Isabelle Bergson und arbeitet bei der Polizei“, versuchte ich es noch mal.
„Dann ist alles vorbei? Warum bleiben Sie nicht hier?“
Isabelle schaute mich hilfesuchend an. Sie wusste nicht, was sie sagen sollte. Mein Vater kam uns zu Hilfe, indem er zu Papier und Filzstift griff und in großen Lettern aufschrieb, was ich gesagt hatte: Das ist Isabelle Bergson, eine Polizistin, die mit Freddie zusammenarbeitet.
„Oh“, sagte meine Mutter und entschuldigte sich. „Ich hatte mich so gefreut. Seit Jahren schon hat der Junge keine Freundin mehr mitgebracht. Er ist so einsam.“
„Das bin ich nicht, Mama.“ Ich bereute, Isabelle mit ins Haus gebracht zu haben, und fürchtete, meine Mutter würde anfangen, peinliche Anekdoten aus meiner Kindheit und Jugend zu erzählen und Babyfotos von mir zu zeigen. Wahrscheinlich wäre es besser gewesen, ich hätte Isabelle Kaffee und Käsekuchen ans Auto gebracht. Aber nach den Anfangsschwierigkeiten wurde es doch ein netter Nachmittag. Meine Mutter und Isabelle schafften es tatsächlich, sich miteinander zu unterhalten, denn wenn sie sich auf eine Person konzentrierte, hörte sie besser als im allgemeinen Stimmengewirr. Außerdem schien sie Isabelles glockenhelle Stimme besser zu verstehen als mein Brummen.

Ich versuchte unterdessen erfolglos, die Sorgen meines Vaters zu zerstreuen, der den Bombenanschlag sehr bedrohlich fand, auch wenn es nur ein Warnschuss war. Er war von Anfang an nicht glücklich über meine Berufswahl und hätte es lieber gesehen, ich wäre als Redakteur beim Feuilleton der Süddeutschen Zeitung gelandet, anstatt mich immer wieder auf der Straße in Lebensgefahr zu bringen. Als wir uns verabschiedeten, musste Isabelle meiner Mutter versprechen, gut auf mich aufzupassen, und ich wurde ermahnt, „die nette, junge Frau“ auf jeden Fall beim nächsten Mal wieder mitzubringen.
Ich nahm Isabelle das Versprechen ab, das Erlebnis mit meiner Mutter für sich zu behalten, worauf sie mir versicherte, dass sie mit den Kollegen ohnehin nicht darüber geredet hätte. Dann fuhren wir jeder in seinem Wagen zurück nach Altona. Auch dort ließ ich sie nicht im Auto sitzen, sondern nahm sie mit ins Büro.
„Du musst Limo sein. Freut mich, dich endlich persönlich kennenzulernen. Ich habe schon viel von dir gehört.“
„Ich hoffe, nicht nur Gutes“, sagte meine Mitarbeiterin.
„Leider doch“, antwortete Isabelle lachend.
„Ich muss mal wieder ernsthaft an meinem Image arbeiten, wenn bei den Bullen nur gut über mich geredet wird.“
Während Isabelle sich hinter dem Fenster postierte, sodass sie die Straße vor der Quaestoria gut im Blick hatte, rückte Limo mit ihren neuen Erkenntnissen bei der Recherche im Internet heraus.
„Unser scheinheiliger Anwalt arbeitet für Humpe, und das schon seit vielen Jahren. Ich habe alte Zeitungsartikel mit Berichten über Prozesse gegen Humpe gefunden, und da fällt immer wieder der Name Schein-Heilig als einer von Humpes Anwälten.“
„Also steckt der alte Filou nicht nur hinter der Klinik, sondern auch hinter den Hamburg-Dolls“, sagte ich.

„Das ist zumindest wahrscheinlich, denn es gibt eine weitere Verbindung zwischen den beiden“, fuhr Limo fort. „Schein-Heilig hat sich vor ein paar Jahren im Neuen Markt verspekuliert, um die Jahrtausendwende, als die Internetblase platzte.“
„Mobilcom, EM-TV und so weiter?“
„Genau. Damals stand er vor dem Bankrott. Humpe hat ihm finanziell unter die Arme gegriffen und den Offenbarungseid abgewendet. So steht der Anwalt klar in Humpes Schuld“, sagte Limo.
„Ich wusste es doch, auch die alte Katze lässt das Mausen nicht. Humpe hat also noch immer einen Fuß im Sexgeschäft, wenn auch nicht im Rotlichtmilieu. Aber ist das ein Grund, Kim zu erschlagen?“
„Für sich genommen nicht“, sagte Limo, „da muss mehr dahinterstecken, und es hat sicher mit der Klinik zu tun.“
„Spätabtreibungen“, meldete sich jetzt Isabelle zu Wort, „vielleicht geht es um Schwangerschaftsabbrüche jenseits der erlaubten Drei-Monats-Frist.“
„Stimmt“, meinte Limo, „manche Mädels verschnarchen ihre Schwangerschaft und haben dann ein Problem. Einer Freundin von mir ist das passiert. Sie ist dann nach Holland gefahren, aber dort war es ziemlich teuer.“
„Und so etwas kann Kim als Hebamme nicht gefallen haben“, sagte ich. „Vielleicht ist der 21. März der Termin einer Spätabtreibung bei Olinka.“
„Vielleicht hat Kim gedroht, die Sache auffliegen zu lassen“, mutmaßte Limo.
„Wir müssten erfahren, ob die Klinik als Adresse für Spätabtreibungen gehandelt wird“, sagte ich zu meiner Mitarbeterin. „Vielleicht kannst du dich mal in den entsprechenden Foren umsehen.“
„Mir fällt noch eine weitere Möglichkeit ein“, sagte Isabelle, „großangelegter Versicherungsbetrug. Vielleicht

werden unversicherte Osteuropäerinnen aus Bordellen auf Kassenkosten behandelt."

„Kannst du das auch prüfen?", fragte ich Limo.

„Ich werde es versuchen, aber wahrscheinlich ist es besser, wenn ein Fachmann der Polizei oder der Steuerfahndung das übernimmt? Allerdings glaube ich, das wirft alles letztlich nicht genug ab, als dass sich das Risiko für eine renommierte Klinik lohnt." Limo fand schnell eine Internetseite zum Thema Kosten von operativen Abtreibungen. „Hier", sagte sie dann, „so etwas kostet ungefähr 500 Euro, nicht viel Geld für so hohe kriminelle Energie."

„Dann ist eine Spätabtreibung wahrscheinlich auch nicht viel teurer", vermutete ich.

„In Holland betragen die Kosten bis zur achtzehnten Woche 870 Euro und darüber 970 Euro", sagte Limo einen Augenblick später. Sie hatte diese Beträge in einem Forum gefunden. „Also kann unsere Klinik auf keinen Fall mehr als das Doppelte nehmen, denke ich."

„Mist. Da geht sie hin, unsere schöne Theorie. Das ist alles nicht der große Wurf. Ich setze trotzdem Ariano mal darauf an. Vielleicht entdecken seine Fachleute doch etwas Neues." Ich rief meinen Freund an, um ihn über unsere neuen Erkenntnisse und die damit gewonnenen und wieder verworfenen Vermutungen zu informieren, und regte an, die Klinik von einem Experten aus der Abteilung Wirtschaftskriminalität durchleuchten zu lassen.

„Aber der Mann muss sich beeilen", sagte ich, „er steht nämlich in Konkurrenz zu Limo."

„Da hat die Polizei wohl wieder keine Chance", sagte Ariano. „Aber ich glaube ohnehin nicht, dass wir die staatsanwaltliche Genehmigung zur Beschlagnahme der Akten bekommen. Und illegal auf deren Rechnern herumzustochern, bleibt uns ja leider verwehrt.

„Wie geht es Posspechil?"

„Er ist aufgewacht. Eigentlich sollte er bereits entlassen werden, aber er will nicht nach Hause. Seine Mutter ist schon seit Stunden im Krankenhaus, aber wir lassen sie nicht zu ihm."
„Warum nicht?"
„Er hat uns darum gebeten. Er hat Angst. Sie nervt die ganze Station. Die zwei Kollegen, die vor seinem Krankenzimmer Wache schieben, sind fix und fertig und bieten sogar unbezahlte Überstunden an, wenn sie nur bald abgelöst werden. Und seine Sekte veranstaltet noch immer einen Budenzauber draußen auf der Straße."
„Kann man denen das nicht verbieten?"
„Sie tun nichts, außer zu singen, zu tanzen und mit Kreide auf der Straße herumzumalen. Das ist nicht illegal", sagte Ariano.
„Was für ein verrückter Haufen."
„Du hattest übrigens recht mit deiner Druiden-Vermutung. In der Wohnung von Mutter und Sohn Posspechil haben wir eine Menge seltsamer Utensilien gefunden. Wusstest du, dass es in Hamburg einen Fachmarkt für Hexen, Druiden und Schamanen gibt?"
„Nein."
„Und dort sind Posspechils offenbar Großkunden. Wir haben unter anderem Mengen von Amuletten, Ölen und Salben für verschiedene Rituale, eine Kristallkugel, Runentexte, Hexenpflanzen und sogar einen Hexenbesen gefunden. Alles kurios, aber strafrechtlich nicht relevant. Ich glaube auch nicht, dass diese Utensilien in Zusammenhang mit dem Mord stehen, zumal es so aussieht, als sei die Mutter die treibende Kraft und nicht der Sohn. Die Frau hält sich für eine veritable Hexe."
„Hmh. Ich bin mir nicht mehr ganz so sicher, dass wir Feardorcha als Verdächtigen ausschließen können. Vielleicht sollten wir seine Mutter sogar einbeziehen."

„Wie meinst du das?“
„Kann ich noch nicht genau sagen. Ich erkläre es, sobald ich mehr weiß.“
„Okay.“
„Hast du genug für eine Hausdurchsuchung der Klinik?“
„Nein, die Staatsanwaltschaft hat abgewunken. Bevor wir unseren Verdacht öffentlich machen, brauchen wir handfeste, wasserdichte Beweise. Sonst droht ein harter Rechtsstreit. Außerdem hat Humpe sehr gute Beziehungen nach ganz oben. Aber seit heute Mittag läuft eine unauffällige Überwachung.“
„Gut.“
„Wir haben übrigens auch noch eine interessante Verbindung zwischen der Klinik und den Dolls gefunden“, sagte Ariano und schwieg für einen Moment.
„Spann mich nicht auf die Folter“, sagte ich.
„Frederike Wildmüller, genannt Frida, ist Dr. Antje Wildmüllers Mutter.“
„Das nenne ich eine gelungene Überraschung“, rief ich.
„Frida hat vor über dreißig Jahren als Domina in der Herbertstraße gearbeitet. Sie hatte damals ein Verhältnis mit Harald Humpe, ihrem Vermieter.“
„So langsam klären sich die Verhältnisse“, sagte ich, Schein-Heilig, Humpe, Wildmüller, alle aus einem Stall. Alle alter Kiezadel. Fehlt nur noch Clemens. Aber vielleicht weiß der tatsächlich nicht, wo er da hineingeraten ist, als einziges Schaf unter lauter Wölfen.. Ich habe übrigens mit seiner Frau gesprochen.“
„Und? Wie ist dein Eindruck?“
„Auf den ersten Blick durchsichtig und zerbrechlich, auf den zweiten eine starke Frau. Sie war wohl ziemlich krank. Aber sein Alibi steht.“
„Das habe ich erwartet. Humpe scheint übrigens eine treue Seele zu sein. Er hat seiner alten Freundin und Mutter sei-

ner Tochter ein gutes Auskommen beschert", sagte Ariano. „Na ja, ganz uneigennützig ist es wohl auch nicht. Sicherlich wird er nicht schlecht daran verdienen."
„Wir beobachten jetzt auch die Agentur und haben die Genehmigung, Telefongespräche mitzuschneiden und E-Mails zu lesen. Für eine Callgirlagentur bekommt man so etwas leichter, als für eine renommierte gynäkologische Klinik."
„Hast du etwas wegen Dagmar Gretzki unternommen?"
„Ja sicher. Aber sie ist aus dem Schneider."
„Wieso das?"
„Sie hat ein Alibi, von dem sie nichts weiß. Wir haben die Überwachungsvideos der Sparkasse gegenüber ausgewertet. Danach hat sie das Haus nicht mehr verlassen, nachdem sie am späten Nachmittag von der Arbeit nach Hause gekommen ist."
„Kein Hinterausgang?"
„Nichts dergleichen."
„Das freut mich."
„Ich weiß."
„Okay. Was ist mit Isabelle?"
„Wieso? Hält sie es nicht mehr aus mit dir? Gib sie mir mal."
Ich reichte mein Telefon an Isabelle weiter, die sich bereit erklärte, ihre Schicht bis Mitternacht auszudehnen. Dann würde sie von Kurry oder Ketchup abgelöst werden. Mit der Überwachung der Agentur und der Klinik, dem Schutz Posspechils vor seiner Mutter und dem Schutz meiner Wenigkeit vor Anschlägen war Arianos ohnehin dünne Personaldecke mehr als fadenscheinig.
Die Dolls und die Klinik standen jetzt also unter Beobachtung. Demnach bot es sich an, dass ich mich um die Souterrain-Wohnung im Laufgraben kümmerte. Während Limo Feierabend machte, fuhr ich begleitet von meinem

Schutzengel Isabelle ins Univiertel. Inzwischen war es längst dunkel. Zwar brannte Licht, aber die Fenster waren blickdicht verhängt. Ich wollte versuchen, auf die Rückseite des Hauses zu gelangen, in der Hoffnung, von dort aus einen Einblick zu erhaschen. Isabelle sollte aus dem Auto den Eingang im Auge behalten. Wenn sich etwas rührte, würde sie mich sofort anrufen.

Die Aktion gestaltete sich komplizierter als erwartet. Die Häuserzeile war geschlossen, es gab keinen Durchlass auf die Rückseite. Ich musste in eines der Häuser kommen, um anschließend durch die Hintertür auf den Hof zu gelangen.

Das war nicht schwierig. Ich klingelte im Nachbarhaus und gab mich als Paketzusteller aus. Bereitwillig wurde mir geöffnet. Leise schlich ich in den Keller und fand auch schnell die Hintertür. Allerdings war sie aus Stahl und abgeschlossen. Ohne schweres Gerät oder meinen Dietrich, den mitzunehmen ich natürlich nicht bedacht hatte, war sie unüberwindbar. Ich ging die Treppe hinauf, wo es auf halbem Weg zwischen den Geschossen Fenster nach hinten gab. Von dort konnte ich mir zumindest einen Überblick verschaffen. Zu jedem Gebäude gehörte ein kleiner Garten, der auf der Rückseite von einer alten Weltkriegs-Bunkeranlage begrenzt wurde, die sich über die ganze Länge der Häuserzeile erstreckte. Jedes Haus hatte einen eigenen Zugang zu diesem Schutzraum, sodass die Bewohner sich damals im Bombenhagel schnell in Sicherheit bringen konnten. Ich erinnerte mich, im Vorbeifahren gesehen zu haben, dass es auch vom Papendamm, der nächsten Querstraße, einen Eingang gab. Einen Versuch war es wert.

Also verließ ich das Haus, winkte Isabelle zu und ging um die Ecke in den Papendamm. Der Bunker war etwa zwei Meter hoch und besaß ein halbrundes Dach, das sich selbst im Laufe der Jahre begrünt hatte. Die eiserne Eingangspforte war ungepflegt und halb verrostet. Niemand schien sich um das Bauwerk zu kümmern, das seit dem letzten Weltkrieg dort vor sich hinrottete. Sprengen oder Abreißen ließ es sich nicht, weil die umliegenden Häuser dabei in Mitleidenschaft gezogen würden.

Ich warf mich mit der Schulter gegen die Tür, die daraufhin leise schnarrte und sich überraschend leichtgängig öffnete, sodass ich durch meinen Schwung das Gleichgewicht verlor und fast hineingefallen wäre. Anscheinend kümmerte sich doch jemand um die Anlage, denn die Türscharniere waren geölt. Drinnen war es stockfinster. Ich benutzte mein Smartphone als Taschenlampe und machte mich auf den Weg in die Tiefen der Erde. Vier Stufen führten nach unten. Offenbar wurde der Bunker seit einer Weile als illegale Mülldeponie benutzt, denn überall lag Unrat, sodass ich aufpassen musste, nicht zu stolpern. Die Luft war stickig, und es roch modrig wie in einer Gruft. In dem unruhigen, scheinwerferartigen Licht meines Telefons warfen die Dinge lange Schatten. Die Szenerie wirkte unheimlich. Allerdings war vor mir schon jemand hier unterwegs gewesen, denn inmitten alter Fahrräder, Matratzen, Kühlschränke, kaputter Fernsehgeräte und sonstiger schrottiger Haushaltsutensilien gab es einen freigeräumten Pfad, der von einem Raum zum nächsten führte. Ich vermutete, dass irgendein Mitarbeiter der Stadt den alten Betonbau regelmäßig inspizierte, aber als ich tiefer in den Bau eindrang, hörte ich plötzlich Stimmen. Ich schaltete mein Licht aus. Zuerst glaubte ich an eine akustische Täuschung, aber dann war ich sicher. Mindestens zwei Leute befanden sich irgendwo tiefer im Gebäude. Als ich um die nächste Ecke bog, sah ich einen Lichtschein aus dem dahinterliegenden Raum herüberflackern. Ich hielt inne. War es riskant weiterzugehen? Wer hielt sich an diesem unwirtlichen Ort auf? Vorsichtig schlich ich weiter, bis ich in den Raum hineinspähen konnte. Zwei betagte Obdachlose hatten es sich auf Matratzen bequem gemacht. Auf einem Camping-Gaskocher köchelte ein Suppe, und auf dem Betonboden standen ein Paar Flaschen Rotwein, drei davon schon leer. Außerdem gab es Rucksäcke, Decken und anderes Hab und Gut. Die beiden hatten sich hier häuslich eingerichtet und Schutz vor Regen und Kälte gefunden. Sie waren schon gut betankt, sodass sie mich nicht bemerkt hatten und sich furchtbar erschraken, als ich sie ansprach.

„Moin“, sagte ich, „entschuldigen Sie, ich muss kurz durch Ihr Schlafzimmer latschen. Wo kann ich mir die Füße abtreten?“

„W ... was willst du Penner?“, sagte der dicke Vollbart. „Das ist unser Bunker.“

„Keine Sorge. Ich will eure Bude nicht. Die Gegend gefällt mir nicht so gut. Ich muss nur was abchecken, und dafür muss ich tiefer rein“, sagte ich.

„Wer hat dich geschickt?“, fragte der zweite Mann aufgeregt. Er sah so aus, als habe er bis vor Kurzem noch bessere Tage gekannt.

„Niemand schickt mich. Es geht wirklich nicht um euch.“

„Das glaube ich dir nicht. Wer steckt dahinter? Du willst mich holen!“

„Ludwig ist ein wenig paranoid“, sagte jetzt der Vollbart. „Was suchst du hier unten?“

„Sie wollen mich abholen und wegsperren“, jaulte Ludwig weinerlich, „pfui, schämen Sie sich.“

„Nein, ich weiß nicht einmal, wer Sie sind“, versuchte ich ihn zu beruhigen. Es war bizarr.

„Sie wollen mich zur Polizei bringen und ins Gefängnis sperren. Nein, nein, ich habe nichts getan.“

„Beruhige dich, der Mann will nichts von dir.“

„Er möchte mich in den Schlaf lullen und dann abholen in sein Reich.“

„Am besten, Sie gehen weiter“, sagte der Vollbart, „dann beruhigt er sich wieder.“
Ich nickte, durchquerte den Raum und ließ das seltsame Paar zurück.
Kurz darauf gelangte ich an eine Tür, die nach draußen führte. Sie ließ sich öffnen, führte aber nicht in den Garten der Wohnung, die mich interessierte. Ich musste noch einen Raum weiter. Jetzt wurde es schwieriger voranzukommen, weil die beiden Hausherren über den Weg zu ihrem Schlafzimmer hinaus nicht weiter aufgeräumt hatten. Ich musste über einen schmierigen alten Herd klettern und scheuchte eine Rattenfamilie auf, die sich eilig in den Schatten einer verrosteten Hexe zurückzogen. Im Gegensatz zu mir mochte Limo Ratten. Sie hatte sogar mal darüber nachgedacht, sich einen der nacktschwänzigen Nager als Kuscheltier anzuschaffen, aber ich hatte protestiert. In der Quaestoria würde ich das Vieh nicht sehen wollen. Der Bunker wäre ein Ort nach ihrem morbiden Punk-Geschmack. Ich stieß gegen ein Regal aus halb verfaulter Spanplatte, woraufhin ein Blechtopf herunterfiel und eine undefinierbare Brühe sich über meine Hose ergoss. Ich fluchte leise, war doch dadurch die dritte Garderobe in diesem Fall versaut. Das Blutbad in Kims Wohnung steckte mir noch immer in den Knochen. Ich bewegte mich noch vorsichtiger, um nicht zu stolpern und in irgendetwas ganz Ekliges zu fallen.
Als ich die nächste Tür erreichte, schaltete ich meine Handy-Taschenlampe aus. Ich hoffte, der Akku würde noch reichen, um meinen Rückweg zu erleuchten und zur Not telefonieren zu können.
Jetzt war es die richtige Tür. Sie war auf der Innenseite mit zwei Hebeln verriegelt, die sich nur widerwillig knirschend bewegen ließen. Ich stemmte mich mit der Schulter gegen das kalte Metall, schob die Tür ein Stück auf und

steckte den Kopf hindurch. Ganz sicher war sie seit Jahren nicht mehr benutzt worden, denn sie schob einen kleinen Wall Erde und Steine vor sich her. Ich zwängte mich durch den entstandenen Spalt. Zum Glück war es so dunkel, dass ich mich unbemerkt bewegen konnte, aber hell genug, um mich nach kurzer Gewöhnung orientieren zu können. Ich war in dem trostlosen, kleinen Stück Garten, der zu der Souterrainwohnung gehörte. Es gab einen Hinterausgang und zwei mit Jalousien verhängte Fenster.
Gerade als ich näher heranschleichen wollte, fing mein Telefon an, in meiner Hosentasche zu brummen. Glücklicherweise hatte ich daran gedacht, den Klingelton aus- und den Vibrationsalarm einzuschalten.
Ich nahm ab. „Ja“, flüsterte ich kaum hörbar.
„Gerade ist jemand gekommen, ein Mann“, sagte Isabelle. „Sei vorsichtig.“
Ich legte auf. Was tun? Ich entschied mich für zeitweiligen Rückzug und schlich zurück in den Bunker. Die Tür zog ich hinter mir bis auf einen Spalt zu und legte mich dahinter auf die Lauer. So wartete ich in der Hoffnung, dass sich in der Wohnung etwas bewegte.
Und das geschah relativ bald. Die Hintertür wurde geöffnet, und zwei Gestalten traten heraus. Der eine war der Mann, den ich in der Klinik gesehen hatte, den anderen kannte ich nicht. Sie zündeten sich Zigaretten an, rauchten und unterhielten sich. Dabei waren sie so leise, dass ich kaum etwas hörte, aber auch wenn sie lauter gesprochen hätten, wäre das nicht anders gewesen, denn sie redeten in einer Sprache, von der ich bis auf ein Wort nichts verstand. Dieses setzten sie allerdings so häufig ein, dass ich sicher war, dass es das zentrale Thema ihres Gesprächs bezeichnete. Ich glaubte, immer wieder „Picka“ gehört zu haben, einen kroatischen Vulgärausdruck für das weibliche Geschlechtsteil.

Die Kerle blieben eine Zigarettenlänge draußen, dann gingen sie wieder hinein. Als sie dieses Mal die Tür öffneten, hatte ich Glück und konnte für eine Sekunde einen ordentlichen Blick erhaschen. Was ich sah, ließ mich die Luft anhalten. Mindestens vier Frauen hielten sich in dem küchenartigen Raum hinter der Tür auf, und alle waren hochschwanger. Mein Herz schlug schneller. Was ging hier vor? Warum eine solche Versammlung werdender Mütter in dem schäbigen Souterrain eines zwielichtigen Anwalts in Gesellschaft zweier Galgenvögel? Kaum vorstellbar, dass es dabei um einen Geburtsvorbereitungskurs, Schwangerschaftsgymnatik oder ein Kolloqium über moderne Früherziehung ging.
Es hatte keinen Sinn, länger auf meinem Posten auszuharren, und so schritt ich zum geordneten Rückzug. Ludwig hatte sich inzwischen so weit beruhigt, dass ich mit freundlichem Kopfnicken an den beiden Alten vorbei den Bunker verlassen konnte.
Draußen atmete ich tief durch. Endlich wieder frische Luft. Der Bunker hatte auf mich abgefärbt. Ich war verdreckt und stank. In dem Gefäß, dessen Inhalt ich abgekriegt hatte, war altes Motoröl, das jemand dort unten kalt entsorgt hatte. Auf dem Rückweg zum Auto im Laufgraben schlug dann das Pech zu. Der Typ, den ich im Warteraum der Klinik gesehen hatte und der mich kannte, kam mir entgegen. Schnell drehte ich meinen Kopf zur Seite, aber es war zu spät. Er hatte mich gesehen. Dabei ging es ihm wie mir: Er wusste anscheinend nicht auf Anhieb, wohin er mich stecken sollte, aber ich war sicher, es würde ihm bald einfallen. Ich sprang zu Isabelle in den Wagen.
„Wir müssen verschwinden. Der Kerl hat mich gesehen und erkannt.“ Ich wollte Ariano anrufen, aber durch die lange Nutzung als Taschenlampe war mein Akku leer. Isabelle reichte mir ihr Handy, während sie aus der Parklü-

cke rangierte. Ich sah, dass der Kerl umgekehrt war und zurückkam. Wenn mich nicht alles täuschte, hielt er eine Knarre in der Hand, nur notdürftig unter seiner Jacke versteckt.

„Gib Gas! Er kommt!“

Mit quietschenden Reifen schossen wir aus der Parklücke und waren kurz darauf weit genug entfernt. Ich sah noch, wie der Mann zurück ins Haus ging. Jetzt erreichte ich Ariano. Nachdem ich ihm meine Beobachtungen geschildert hatte, setzte er sofort ein Einsatzkommando in Marsch. Aber es war zu spät. Als die Polizisten eintrafen, fanden sie die Wohnung verlassen vor, und auch eine gründliche Durchsuchung förderte keine nennenswerten Ergebnisse zutage. Die Vögel waren in aller Eile ausgeflogen, und hatten alles mitgenommen, was in irgendeiner Weise belastend hätte sein können. Am nächsten Morgen gab es eine geharnischte Beschwerde von Anwalt Schein-Heilig.

8

Am folgenden Tag führte mich mein erster Weg wie üblich ins Büro zur Lagebesprechung mit Limo. Unten auf der Straße vor meiner Tür saß Kurry im Auto. Er hatte die Frühschicht und war schlecht gelaunt, weil er alleine war.
„Wo ist dein siamesischer Zwilling?"
„Ketchup sitzt in der Isestraße vor dieser verdammten Agentur. Uns fehlen einfach Leute."
„Willst du mit rüber ins Büro kommen? Kaffee trinken?"
„Schon gut. Ich bleibe lieber im Auto. Ariano meint, nachdem der Kerl dich gestern im Laufgraben gesehen hat und die Leute gezwungen waren, die Wohnung zu räumen, ist die Gefährdungslage für dich noch größer geworden. Du solltest sicherheitshalber deine Waffe dabeihaben."
„Okay. Werde ich machen."
Als ich vor der Quaestoria stand, erwartete mich eine unangenehme Überraschung. Auf der weißen Eingangstür prangte ein blutrotes Pentagramm mit einem Symbol in der Mitte. Offenbar eine Rune. Ich bekam eine Gänsehaut. Natürlich war das alles nur Hokuspokus, aber trotzdem empfand ich es als unheimlich. Irgendwo tief in uns lauert doch noch immer der Aberglaube.
Limo war kurz vor mir gekommen und hatte das Zeichen bereits gegoogelt. Es handelte sich um die Rune „Uruz", die normalerweise auf Kraft und Gesundheit hinweist. Hier allerdings stand sie auf dem Kopf, und das sollte eine Warnung sein. „Es ist allerhöchste Vorsicht geboten bei einer umgekehrt liegenden Uruz Rune", las sie vor. Jetzt hatten Posspechils Sektenbrüder also auch mich auf dem Kieker. Was mich aber in diesem Moment mehr erschreckte, war die schiere Masse unfassbar absurden Germanentums, über die wir bei unserer Internet-Recherche gerade

stolperten. Keine Geschichte war zu irrwitzig, um nicht doch eine Schar von Anhängern hinter sich zu versammeln. Manchmal glaubte ich, dass es sich um Satire handelte, aber wahrscheinlich wohl doch eher um Realsatire. Ich stimmte Ariano zu. Es war besser, wenn ich meine Glock einsatzbereit mit mir trug, auch wenn eine Pistole nicht gegen Zaubersprüche und Flüche schützte. Ich hatte einen alten Blechspind zum provisorischen Waffenschrank umfunktioniert. Zwar würde jeder Profi ihn mit dem Büchsenöffner aufkriegen, aber der gesetzlichen Vorschrift war Genüge getan. Limo verwahrte den Schlüssel.

„Oh Gott“, sagte sie, als ich sie danach fragte, „ist es jetzt schon so weit gekommen?“

„Ich hoffe nicht, aber Ariano meint, ich solle das Ding lieber bei mir tragen.“

„Kannst du überhaupt damit umgehen?“

„Nicht wirklich“, musste ich zugeben. Leider hatte ich die vielfältigen Gelegenheiten für ein qualifiziertes Schießtraining ungenutzt verstreichen lassen, was ich jetzt bereute. Ich mochte einfach keine Waffen. Trotzdem lud ich die Glock mit den Patronen, die Limo unter ihrem Schreibtisch versteckt hatte, und schnallte sie um.

„Wow! Schieß dir nicht in den Fuß. Du siehst aus wie im Kino.“

„So ähnlich komme ich mir auch vor. Hast du gestern noch etwas erreicht?“

„Nein. Was Spätabtreibungen angeht, spielt die Klinik in den Foren keine hervorgehobene Rolle. Da scheint die Musik woanders zu spielen.“

„Okay.“

Was unsere Theorien anging, waren wir damit also wieder bei null. Aber die Anwesenheit so vieler Hochschwangerer im Laufgraben war mit Spätabtreibungen ohnehin nicht zu erklären. Ohne den Mord an Kim Wozniak, das Attentat

auf mich oder die merkwürdige Nervosität und das konspirative Verhalten einiger der Beteiligten wäre an einer Versammlung werdender Mütter nichts Ungewöhnliches oder gar Illegales.
„Gehen wir mal davon aus, dass die Frauen in dieser Wohnung versammelt waren, nicht weil sie abtreiben, sondern weil sie ihre Babys in der Elbchaussee zur Welt bringen wollen", sagte ich, „was will das heißen?"
„Leihmütter!" Limos Geistesblitz erhellte den Raum. „Illegale Leihmütter! Kinderhandel!"
„Wie meinst du das?"
„Die Frauen gebären ihre Kinder, lassen sie in der Klinik zurück und verschwinden. Ein Baby bringt richtig Geld ein. So viel lässt sich mit illegalen Abtreibungen niemals verdienen."
„Mein Gott. Genial! Du könntest recht haben!" Ich schlug mir mit der flachen Hand an die Stirn. „Warum bin ich da nicht längst selbst draufgekommen?"
„Ganz einfach.Weil du ein Mann bist", antwortete Limo.
„Sind wir Männer so blöd?"
„In manchen Belangen schon."
„Ich muss ehrlich zugeben, dass ich kaum etwas über dieses Thema weiß", sagte ich.
„Warte mal." Limo setzte wieder ihre Suchmaschine in Marsch und hatte schnell eine Seite mit Informationen zum Thema Leihmütter gefunden.
Sie las vor: „In Deutschland verbietet das Embryonenschutzgesetz (ESchG) Ärzten und Ärztinnen, bei einer Leihmutterschaft tätig zu werden. Sie dürfen weder eine befruchtete Eizelle einer anderen Frau übertragen noch eine Schwangerschaft mit dem Ziel herbeiführen, das Kind an Dritte zu geben. Nach § 1 Abs. 1 ESchG begehen Ärzte/Ärztinnen in diesen Fällen eine Straftat. Die Vermittlung von Leihmüttern ist in Deutschland nach dem

Adoptionsvermittlungsgesetz gesetzlich verboten. Zivilrechtlich stellt sich die Frage nach der Mutterschaft, falls ein Kind trotz bestehender Verbote von einer Leihmutter ausgetragen wird. § 1591 BGB fasst das folgendermaßen: Mutter eines Kindes ist die Frau, die es geboren hat."
„Mein Gott."
„In manchen Ländern ist Leihmutterschaft erlaubt, aber teuer. In den USA belaufen sich die Kosten für Leihmutter, Vermittlungsagentur und Anwaltsgebühren locker auf hunderttausend Dollar", fuhr sie fort.
Ich pfiff durch die Zähne. „Donnerwetter! Da werden anscheinend ziemliche Summen bewegt. Und eine Geburtsklinik ist genau der richtige Ort, um solche Geschäfte abzuwickeln, ohne dass unangenehme Fragen aufkommen."
„Genau", sagte Limo. „Es kommen immer zwei Frauen. Eine bringt das Kind zur Welt, und die andere nimmt es als ihr eigenes mit. Und vielleicht wollte Kim dabei nicht mitmachen."
„Okay. Aber da bleiben viele Fragen offen. Wie erfolgt die Befruchtung? Fällt es nicht auf, wenn eine Frau ohne sichtbare Zeichen einer Schwangerschaft plötzlich ein Baby nach Hause bringt, und so weiter? Ich muss in die Klinik, um mich dort umzusehen."
„Aber wie soll das gehen? Dort arbeiten nur Frauen."
„Ich könnte mich als Besucher hineinschmuggeln."
„Aber du bist dort bekannt."
„Du hast doch schon erlebt, dass ich ein Meister der Verkleidung bin", sagte ich grinsend.
„Schon. Aber wäre es nicht besser, ich ginge? Ich könnte mich als Schwester ausgeben", schlug Limo vor.
„Einer solchen Gefahr würde ich dich nicht aussetzen wollen. Du bist zu ungeübt in diesen Dingen. Außerdem bist du auffällig, du siehst nicht gerade wie Lernschwester Hildegard aus. Das funktioniert nicht."

„Wenn du dich bis zur Unkenntlichkeit verkleiden kannst, dann schaffst du das auch mit mir“, versuchte sie noch einmal, mich umzustimmen.
„Ich habe aber kein Material für Frauen, nicht einmal eine Perücke. Schau doch mal nach, wer kürzlich ein Baby in der Klinik zur Welt gebracht hat.“
Limo loggte sich ins Intranet der Klinik ein.
„Hier. Carmen Sosa aus Costa Rica hat vorgestern den kleinen Martino Alejandro geboren.“
„Dann bekommt sie heute Besuch von ihrem Onkel, dem Botschafter Don Fraude Embustero“, sagte ich und ging hinüber zu meinem Schrank mit den Utensilien zum Verkleiden, „schließlich muss der kleine Martino Alejandro gebührend bewundert werden.“
„Oh Gott! Mir wird schlecht. Trag nicht zu dick auf.“
Ich färbte meine Haare und Augenbrauen schwarz und kämmte sie mit viel Brillantine nach hinten zu einer guten alten Kirmes-Rocker-Frisur. Meine hellen Wimpern erhielten eine doppelte Portion schwarzer Wimperntusche. Dazu klebte ich einen kraftvollen, schwarzen Schnauzbart unter meine Nase. Ein seriöses, weißes Hemd mit einer dunkelblauen Krawatte und ein ebenfalls dunkelblauer, weiter Anzug mit Nadelstreifen vervollständigten meinen halbseidenen Latino-Auftritt. Als ich dazu Tangoschuhe anziehen wollte, protestierte Limo.
„Das geht schief. Nicht die Schuhe. Das nimmt dir keiner ab.“
„Also gut, dann einfache, schwarze Lackschuhe.“
Mittels Kontaktlinsen verschaffte ich mir feurige, schwarze Augen, und mit Wangenkissen polsterte ich mein Gesicht ein wenig auf. Die Glock verstaute ich im Schulterhalfter. Das war zwar alles andere als unauffällig, aber für einen Konsul eines mittelamerikanischen Landes sollte es nicht ungewöhnlich sein, bewaffnet herumzulaufen.

„Unglaublich! Jetzt siehst du tatsächlich aus wie ein feister, mexikanischer Drogenbaron", sagte Limo, „deine eigene Oma würde dich so nicht erkennen."
„Hola, Chica, besame mucho", sagte ich schmierig grinsend.
„Besame el culo", antwortete Limo mit dem einzigen spanischen Satz, den sie kannte.
„Hoffen wir mal, dass die Brockmann nicht Spanisch spricht und mein Gossenspanisch als Fälschung erkennt."
„Wenn die Spanisch spricht, spreche ich Mandarin."
„Wonach willst du suchen?"
„Ich weiß es nicht. Alles, was mir hilft zu verstehen, was da für ein Spiel gespielt wird.
„Viel Glück, Jefe."
„Danke. Du hältst hier die Stellung."
Bevor ich das Unternehmen „Don Fraude Embustero" startete, griff ich noch zu ein paar Kleinteilen von „Spy & Spy", meinem Lieblingsladen für Detektivausrüstung. Ich kam viel zu selten dazu, die gute, teure Technik einzusetzen. Dazu gehörte mein Wunderdietrich der Marke „Sesam öffne dich", den ich in die Hosentasche steckte. Ebenfalls in der Tasche landete die kleine, selbstklebende Kamera zum Ausspähen von Tastatureingaben und mein brandneuer Kugelschreiber mit eingebautem Mikrofon. Kamera und Kugelschreiber sendeten direkt auf mein Smartphone. Zur Sicherheit nahm ich auch noch das Köfferchen mit der kamerabestückten Drohne mit, die sich ebenfalls mit dem Handy per App bedienen ließ.
Um möglichen Beobachtern, die draußen auf der Lauer lagen, nicht aufzufallen, verließ ich mein Büro durch eines der rückwärtigen Fenster, unter dem die Mülleimer standen, sodass ich problemlos heraussteigen konnte. Dann ging ich durch den Torweg nach vorne zur Straße. Kurry war schon weg. Ich hatte ihn kurz vorher angerufen, um

ihn über meinen Plan zu informieren. Er sollte eine Runde um den Block drehen und mich dann an der nächsten Ecke auflesen und nach Blankenese fahren. Am Weg, in der Ottenser Hauptstraße, kaufte ich noch einen schönen Blumenstrauß.

„Großartig Freddie", lobte er, als ich neben ihm im Wagen saß. „Hättest du mich nicht darauf vorbereitet, ich hätte dich nicht erkannt."

Eine halbe Stunde später erreichten wir die Klinik. „Du wartest auf dem Parkplatz im Wagen", sagte ich, „ich rufe dich an, wenn ich drin bin, und wir halten die Verbindung. So hörst du, was los ist, und kannst im Falle eines Falles schnell eingreifen."

Kurry nickte. „Falls du eine Feuerwehr brauchst: Wir sind sogar zu dritt. Zwei Kollegen sitzen auf der anderen Straßenseite in einer fingierten Baustelle und beobachten den Laden."

„Okay. Das ist gut."

Ich ließ die Drohne im Auto, nahm die Blumen und stieg zum vierten Mal innerhalb weniger Tage die repräsentativen Marmorstufen zur Klinik hinauf. Ab jetzt kam es drauf an. Zielstrebig steuerte ich auf den Empfangstresen zu, hinter dem wie immer stocksteif und knochentrocken Frau Brockmann staubte.

„Wo ist der kleine Martino Alejandro?", rief ich laut mit befehlsgewohnter Stimme. „Sein Tio Don Fraude will ihn begrüßen!" Ich schenkte der Brockmann mein klebrigstes Lächeln.

„Selbstverständlich", antwortete Frau Brockmann, „wie, sagten Sie noch, ist der Name?"

„Martino Alejandro Sosa, hijo von Carmen Sosa, meiner querida sobrina."

„Ah, ja, ja, Herr ..."

„Excelencia, Don Fraude Embustero, Cónsul de la

República de Costa Rica."
Ich hatte auf die richtige Karte gesetzt. Frau Brockmann bekam vor lauter Beflissenheit hektische Flecken, als sie den Ausdruck „Exzellenz" hörte. Ohne nach irgendeiner Legitimation zu fragen, erklärte sie mir den Weg. Er führte durch den gläsernen Verbindungsgang in den Neubau hinter der alten Villa. Ich wählte Kurrys Nummer und sagte nur: „Okay. Ich bin drin."
Bei meinen bisherigen Besuchen hatte ich mich nur im Bürotrakt aufgehalten und stellte jetzt fest, dass die eigentliche Klinik in dem Neubau lag. Das Gebäude hatte insgesamt fünf Stockwerke, davon eines unterirdisch, in dem sich die Behandlungsräume, Labors und sonstige technische Einheiten befanden. Die Kreißsäle lagen im Erdgeschoss, abgeschottet durch eine Milchglastür. Probehalber rüttelte ich daran, aber sie war verschlossen. Die Stationen mit den Zimmern für die Patientinnen befanden sich in den drei oberen Stockwerken. Mein offizielles Ziel, Carmen und der neugeborene Alejandro, lag in Zimmer 205 im zweiten Stock. Ich stieg in den Aufzug und drückte alle drei Knöpfe. Die Kabine hielt im ersten Stock, fuhr dann weiter in den zweiten Stock. Dort war Schluss. Um mit dem Fahrstuhl ins oberste Geschoss zu gelangen, brauchte man einen Schlüssel. Das war schon mal aufschlussreich. Ich verzichtete darauf, den Dietrich einzusetzen, stieg aus und ging in das benachbarte Treppenhaus, aber auch dort führte kein freier Weg weiter nach oben. Eine mit einer Zahlenkombination gesicherte Tür versperrte den Weg. Was nun? Jetzt war ich sicher, dass des Rätsels Lösung dort oben auf mich wartete. Mit einer schnellen Handbewegung klebte ich die Kamera so an, dass sie das Codeschloss im Blick hatte, und ging auf die Station. Dort zog ich mich auf die Besuchertoilette zurück, wo ich in Ruhe nachdenken und warten konnte. Den

hübschen Blumenstrauß entsorgte ich stillschweigend im Mülleimer. Zwar wäre es nett gewesen, ihn Carmen, der frischgebackenen Mutter, als Dank für ihre ahnungslose Hilfe zu überreichen, aber dann wäre ich sicherlich in Erklärungsnot geraten.
Ich musste nicht lange warten, bis eine weiß bekittelte Klinikmitarbeiterin den Code eingab, um nach oben zu gelangen. Jetzt stand mir der Weg in den dritten Stock offen, aber nach kurzer Freude wuchsen Zweifel. War es wirklich klug, hochzugehen? Ich zögerte. Gab es überhaupt männliche Besucher in diesem Bereich? Würde man mich nicht im Handumdrehen als Eindringling identifizieren? Und eine Ausrede gab es dann nicht. Das konnte die ganze Operation gefährden.
Ich verließ meine Klausur und drehte eine Runde durch die Station. Alles sah vollkommen normal und harmlos aus. Mütter, die ihre neugeborenen Kinder im Arm hielten, hochschwangere Frauen, die ihre dicken Bäuche über den Flur schoben, und dazwischen Schwestern in hellblauen und weißen Kitteln. Ich dachte an die Kameradrohne, die im Auto lag. War das eine bessere Möglichkeit? Ich konnte versuchen, von außen durch die Fenster zu spähen. Aber würde mir das weiterhelfen? Welche Möglichkeiten hatte ich sonst noch? Mir fiel nichts ein. Ich ging wieder ins Treppenhaus, sammelte meine Kamera ein und kehrte zurück zum Aufzug, wo ich etwas las, das mich auf eine Idee brachte: „Im Brandfall nicht den Aufzug, sondern die Treppe benutzen", stand da in roten Lettern auf einem gelben Warnschild. War das die Lösung? Ich ging zurück in die Toilette.
Wenn ich nicht in den dritten Stock gehen konnte, musste ich den dritten Stock dazu bringen, zu mir zu kommen. Ein Feueralarm würde die Frauen zwingen, das Haus zu verlassen. Ich rief Limo an. „Kannst du über den Computer

einen Feueralarm in der Klinik auslösen?"
„Moment ... Ich muss mal gucken." Für einige Sekunden blieb es still in der Leitung. „Theoretisch müsste das möglich sein, aber das willst du doch nicht wirklich tun, oder?"
„Doch", sagte ich und erklärte ihr die Lage.
„Das geht nicht", ermahnte sie mich, „es sind viele hochschwangere Frauen im Haus, wahrscheinlich auch Risikopatientinnen. Das ist viel zu gefährlich. So ein Alarm kann Fehlgeburten oder andere schlimme Sachen auslösen. Daran willst du doch nicht schuld sein, dass vielleicht ein Baby stirbt."
„Oh." Ich schluckte. „Das habe ich nicht bedacht."
„Also, ich beteilige mich gewiss nicht an so einer Aktion", sagte Limo streng.
„Okay. Ich habe verstanden. Also lassen wir es." Ich legte auf. Sie hatte recht. Also doch erst mal Rückzug. Eigentlich wollte ich die Treppe nach unten nehmen, aber im Vorbeigehen sah ich, dass der Aufzug sich im Obergeschoss befand. Der entsprechende Knopf leuchtete rot. Schnell betätigte ich den Rufen-Knopf und wartete. Ob er wohl im zweiten Stock halten würde? Mit der entsprechenden Berechtigung konnte man Aufzüge auch ohne Zwischenstopp ans Ziel fahren lassen. Die Anzeige „Abwärts" begann zu blinken. Der Aufzug schien sich im Schneckentempo zu bewegen. Ich hielt die Luft an. Dann bimmelte es vor mir, und die Schiebetür öffnete sich. Und jetzt war mir das Glück wirklich hold. Vor mir im Aufzug stand Olinka! Obwohl sie vollkommen anders aussah als auf dem Foto der Hamburg-Dolls, erkannte ich sie auf Anhieb. Vor allem ihre Figur hatte sich stark verändert. Sie hatte einen gewaltigen Babybauch. Es kostete mich alle Sebstbeherrschung, sie nicht anzustarren.
Ich stieg zu und grüßte. „Hola, bei Ihnen ist es wohl auch bald so weit. Meine Frau hat es schon geschafft."

„Am Donnerstag", sagte Olinka lächelnd, „am Donnerstag ist es so weit." Sie sprach mit starkem slawischen Akzent. Dann erreichten wir das Erdgeschoss, und ich stieg aus.
„Viel Glück", sagte ich zum Abschied.
„Danke." Sie blieb in der Kabine und fuhr weiter nach unten. Mir war es wie Schuppen von den Augen gefallen. Der 21. März, Donnerstag, war der errechnete Geburtstermin für Olinkas Baby! Diesen Termin hatte Kim, die Hebamme, notiert. Eigentlich naheliegend. Ich ging zügig durch den Gang zurück zur Villa, nickte Frau Brockmann augenzwinkernd zu und verließ die Klinik, um mich zu Kurry ins Auto zu setzen.
„Hast du mitgekriegt, wen ich im Aufzug getroffen habe?"
Er schüttelte den Kopf.
„Olinka."
Die Schwangere, mit der du geredet hast, war Olinka?"
„Ja."
„Was treiben die da oben nur?"
„Ich bin fast sicher, dass es um Leihmütter geht. Neben ihrem offiziellen Tagesgeschäft betreibt die Klinik einen florierenden Babyhandel."
„Was machen wir jetzt?"
„Fahr erst mal zurück zur Quaestoria", sagte ich.
Eine halbe Stunde später standen wir vor meiner Tür.
„Wann wirst du abgelöst?"
„Um 16 Uhr", antwortete Kurry.
„Wer kommt?"
„Keine Ahnung."
Ich hoffte auf Isabelle, aber das sagte ich natürlich nicht. Mit dem Drohnenkoffer in der Hand stieg ich aus und ging ins Büro.
„Auf so eine Idee kann auch nur ein Mann kommen. Ein fingierter Feueralarm in der Geburtsklinik", sagte Limo, und tippte sich mit dem Finger an den Kopf.

„Du hast vollkommen recht. Vergiss es. Aber mein Ausflug hat sich trotzdem gelohnt. Immerhin ist jetzt klar, dass Olinka noch lebt. Sie ist hochschwanger und wird ihr Kind in der kommenden Woche zur Welt bringen."
„Wohl am 21. März. Dann wäre wenigstens dieser Teil des Rätsels gelöst. An diesem Tag geht es nicht um den Tod, sondern um neues Leben", sagte Limo.
„Ja. Aber um käufliches Leben. Da bin ich jetzt ganz sicher. Eine andere Erklärung kann es nicht geben."
„Und was glaubst du, wie läuft das ab?"
„Die Hamburg-Dolls sind nicht nur Call-Girls, sondern auch gewerbsmäßige Leihmütter. Sie lassen sich auftragsweise schwängern. Dabei gibt es verschiedene Möglichkeiten. Entweder ganz natürlich durch Sex mit dem Vater des geplanten Kindes oder durch künstliche Befruchtung, wobei entweder eine Eizelle der Frau mit Kinderwunsch eingesetzt oder eine Eizelle der Leihmutter befruchtet werden kann."
„Dann wäre die Leihmutter tatsächlich selbst die Mutter."
Ich nickte. „Das wird bei Frauen vorkommen, die keine eigenen Eizellen haben und gerne Mutter werden würden. So sind alle Konstellationen denkbar, der leibliche Vater und die Eimutter, der leibliche Vater und die Leihmutter, Leihmutter und ein fremder Vater, wenn der Vater zeugungsunfähig ist, und zuletzt sogar Eimutter und fremder Samenspender."
„Oh Gott, ich verliere allmählich die Übersicht", stöhnte Limo. „Das klingt so ungeheuerlich, dass sich unsere Sprache dagegen wehrt."
„Ist es auch und nicht nur, wenn es als Geschäft betrieben wird."
„Aber wäre es nicht einfacher, ein Kind zu adoptieren?"
„Vielleicht. Aber dabei sind die Hürden sehr hoch, und viele Anträge werden abgelehnt."

„Oder ins Ausland zu fahren?“
„Das bringt alles bürokratische Hindernisse mit sich. Nein. Die Klinik bietet optimale Voraussetzungen für so ein Geschäft. Nicht einmal nahe Angehörige müssten merken, dass das Kind, mit dem eine Frau Müller nach längerem Urlaub und anschließendem Klinikaufenthalt wegen Risikoschwangerschaft nach Hause kommt, nicht von ihr ausgetragen wurde, sondern dass sie es gekauft hat. Alle Papiere werden korrekt von der Klinik ausgestellt, nur der Name der Mutter oder der Eltern stimmt nicht. So kommen keine Fragen auf.“
„Wahnsinn!“
„Die Schwangere und die Auftraggeberin halten sich gleichzeitig in der Klinik auf, sozusagen als Tandem. Die Auftraggeberin verlässt die Klinik mit dem Baby, die leibliche Mutter ohne es, dafür bezahlt mit ein paar Tausend Euro. Und da niemand wusste, dass die Frau schwanger war, weil sie sich isoliert in der Souterrainwohnung im Laufgraben aufgehalten hat, werden auch keine unangenehmen Fragen laut. Das ist perfekt durchorganisiert.“
„Und Kim?“
„Die hat es herausgefunden und wollte alles auffliegen lassen.“
„Oder sie hat mitgemacht, im Laufe der Zeit Skrupel bekommen und wollte aussteigen.“
Ich hatte mich geradezu in Rage geredet. Das alles hörte sich für mich vollkommen einleuchtend an. Jetzt würde es darauf ankommen, es zu beweisen. Ich musste jemanden finden, der auspackt.
„Meinst du, Clemens und Wildmüller stecken beide drin?“
„Ich kann mir nicht vorstellen, wie es möglich sein sollte, dass der eine Partner es vor dem anderen geheim hält“, sagte ich.
„Und Humpe?“

„Der sowieso. Ich glaube sogar, dass er der Kopf hinter der ganzen Geschichte ist."
Ich rief Ariano an. Auch er war schnell von meinen Darlegungen überzeugt und wollte einen erneuten Versuch machen, eine offizielle Durchsuchung der Klinik bei der Staatsanwaltschaft zu beantragen.
„Warte damit", sagte ich, „unsere nächsten Schritte müssen gut durchdacht sein. Was kannst du bei einer Hausdurchsuchung finden? Ich glaube nicht, dass es Verträge oder schriftlich fixierte Absprachen über diese Transaktionen gibt, und digital schon gar nicht. Sonst hätte Limo sie längst gefunden. Und für die Anwesenheit von Nicht-Schwangeren neben Schwangeren im Obergeschoss haben sie garantiert eine plausible Erklärung parat. Wir sollten die Pferde nicht scheu machen, sonst galoppieren sie los, und wir haben das Nachsehen."
„Hoffentlich liegst du richtig. Ich habe das unangenehme Gefühl, die Pferde sind schon scheu und stehen kurz davor, kräftig auszukeilen. Was schlägst du vor?"
„Deine Leute sollen das Gelände weiter beobachten, während ich versuche, jemanden zum Reden zu bringen."
„Wen?"
„Das weiß ich noch nicht. Ich rufe dich an."
„Eines frage ich mich bei der Sache allerdings", sagte jetzt Limo. „Wenn die Klinik tatsächlich in größerem Stil mit Babys handelt, muss es irgendwo einen Marktplatz geben, ein Netzwerk, das Interessenten, sprich Menschen mit unerfülltem Kinderwunsch mit der Klinik zusammenführt. Technisch gesprochen: Wie funktioniert der Vertrieb?"
„Das ist vielleicht ein Schwachpunkt. Da lässt sich eventuell eine undichte Stelle finden", sagte ich.
Es klingelte an der Tür. Ich öffnete. Draußen stand Isabelle und wollte uns darauf aufmerksam machen, dass sie Kurry abgelöst hatte. Sie schaute mich irritiert an.

„Komm herein", sagte ich.
An der Stimme erkannte sie mich. „Freddie?"
Ich hatte ganz vergessen, dass ich noch immer als lateinamerikanischer Konsul gestylt war.
„Ja."
Sie fing an zu lachen. „Du siehst aus wie der Pate des Sinagra-Clans", sagte sie.
Es wurde Zeit, mich abzuschminken. Ich bat sie herein. Isabelle nahm wieder ihren Beobachtungsposten hinter dem Fenster in Limos Büro ein, und während Limo sich erneut der digitalen Recherche zuwandte und im Intranet der Klinik herumgeisterte, verwandelte ich mich zurück in den gewohnten Freddie Nietsch.
„Ich habe vielleicht etwas", meldete sich nach einer Weile Limo. „Zurzeit gibt es laut der Abrechnungen sechs Risikoschwangerschaften, die einen längeren, stationären Aufenthalt in der Klinik erfordern. Ich verstehe nichts davon, aber das scheinen mir ungewöhnlich viele zu sein."
„Und was bedeutet das?"
„Du hast es mir doch vorhin selbst dargelegt. Um keine unangenehmen Fragen aufkommen zu lassen, müssen die ‚angeblich' schwangeren Frauen eine Weile aus dem Verkehr gezogen werden, sodass es plausibel wird, wenn sie dann mit einem Baby auftauchen."
„Genau. Nach ein paar Wochen im Urlaub verbringen sie dann die letzten Tage ihrer ‚Scheinschwangerschaft' in der Klinik, wahrscheinlich sogar auf Kosten der Krankenkasse", sagte ich. „Denn um jedes Risiko auszuschließen, müssen die Frauen alle üblichen Vorsorgeuntersuchungen offiziell durchlaufen. Solange dies bei Clemens oder Wildmüller geschieht, sind sie sicher.
„Wir müssten also nachweisen, dass mindestens eine dieser ‚Scheinschwangeren' nicht schwanger war, wenn sie mit Baby nach Hause kommt."

„Das ließe sich am besten über eine Untersuchung der betreffenden Mutter erreichen, aber es ist rechtlich extrem schwer, eine Frau zu einer solchen Untersuchung zu zwingen."
Limo wandte sich ihrem Computer zu. „Am Donnerstag wurde eine dieser Risikoschwangeren mit ihrem Neugeborenen entlassen, Iris Steininger aus Eimsbüttel. Sie war für sechs Wochen in der Klinik. Angeblich wurde ihr Fötus nicht ordentlich versorgt und war nicht entsprechend gewachsen. Bei der Geburt vor einer Woche wog der Säugling allerdings schon 3800 Gramm. Das ist stattlich. Offenbar hat die Pflege in der Klinik sehr gut angeschlagen."
„Oder es hat dieses Risikobaby nie gegeben, und sie hat das prächtig entwickelte Kind einer Leihmutter mit nach Hause gebracht", sagte ich.
„Vielleicht redest du mal mit ihr", schlug Limo vor und druckte die Adresse aus.
Isabelle und ich fuhren nach Eimsbüttel und trafen die junge Mutter dabei an, wie sie ihre kleine Tochter für einen Ausflug im Kinderwagen anzog. Ich stellte uns als Prüfungsbeauftragte des Gesundheitsamts vor.
„Wir haben Ihre Adresse von Ihrer Krankenkasse. Es geht um die Qualitätssicherung in Hamburger Kliniken. Wir würden gerne kurz mit Ihnen über die Praxis Clemens & Wildmüller reden, in der Sie kürzlich entbunden haben."
Sie war offensichtlich irritiert von unserem Besuch, schien sich aber nicht zu trauen, das Gespräch zu verweigern. Mir war es unmöglich, aufgrund ihrer Figur zu beurteilen, ob sie vor Kurzem schwanger war. Die meisten Frauen werden im Zuge einer Schwangerschaft ein wenig fülliger und brauchen nach der Geburt eine Weile zur Rückbildung, um ihre vorherige Figur wiederzuerlangen. Frau Steininger war durchaus vollschlank, aber das konnte sie auch vorher schon gewesen sein.

Isabelle hatte sich dem Baby zugewandt. „Ein süßes Mädchen“, sagte sie, „und Ihnen wie aus dem Gesicht geschnitten.“

„Finden Sie? Aber das haben bisher alle gesagt.“ Sie blickte voller Stolz auf ihr Baby. „Ich bin so froh, dass es endlich geklappt hat und dass alles gut gegangen ist.“

„Es hat Komplikationen gegeben, nicht wahr?“

Sie nickte. Es war bereits meine dritte Schwangerschaft. Die ersten beiden Male hat es Probleme mit der Entwicklung des Embryos gegeben. Mein Körper hat den Fötus nicht ernährt, und ich hatte Fehlgeburten.“

„Nach unseren Unterlagen hat es auch dieses Mal Störungen gegeben“, sagte Isabelle.

Frau Steininger nickte. „Aber dieses Mal war ich zum Glück in guten Händen. Ich habe die letzten sechs Schwangerschaftswochen unter ärztlicher Aufsicht in der Klinik liegend verbracht und sehr gute medikamentöse Unterstützung bekommen. So hat Melanie sich gut entwickeln können.“

„Das freut uns sehr“, sagte ich.

„Sie würden der Klinik Dr. Clemens & Dr. Wildmüller also gute Noten ausstellen“, sagte Isabelle.

„Auf jeden Fall“, antwortete Frau Steininger, „ich würde sogar sagen, ohne Dr. Clemens würde ich Melanie ... Ich kann es gar nicht aussprechen, so furchtbar wie es klingt.“

Melanie begann zu weinen, sodass Frau Steininger sie auf den Arm nahm und wiegte.

„Ich verstehe schon“, sagte ich.

„Waren Sie eigentlich von Anfang an bei Dr. Clemens in Behandlung?“

„Dieses Mal ja. Eine Freundin hat die Klinik empfohlen. Ich bin gleich nach meinem positiven Test zu Doktor Clemens gegangen und nach unserem Urlaub sofort stationär in die Klinik.“

„Wo haben Sie Urlaub gemacht?“
„An der Ostsee. Nach zwei Fehlgeburten macht man keine großen Reisen, wenn man wieder schwanger ist. Aber der Doktor hat uns zu einem Urlaub geraten. Entspannung ist das Wichtigste, hat er gesagt.“
„War Ihr Mann bei der Geburt dabei?“
„Ja sicher. Das wollte er sich nicht nehmen lassen.“
„Kann ich kurz Ihr Bad benutzen?“, fragte Isabelle.
„Bitte, die zweite Tür, Sie sehen es gleich.“
Während Isabelle das Bad aufsuchte, versuchte ich, Frau Steininger in Widersprüche zu verwickeln. Ich befragte sie zum Ablauf der Geburt, wann die Wehen einsetzten, wie lange es dann gedauert hat, wer dabei war und was mir sonst alles einfiel. Inzwischen war sie sehr gesprächig und erzählte von sich aus sehr detailliert. Dabei berichtete sie in so vielen Einzelheiten, dass ich mir nicht vorstellen konnte, dass diese Frau das Baby in ihrem Arm nicht geboren haben sollte.
Inzwischen war Isabelle zurück und beteiligte sich an der weiteren Befragung. „Stillen Sie Melanie?“
„Leider habe ich keine Milch“, bedauerte Frau Steininger. „Das ist ein Problem der Frauen unserer Familie. Meine Mutter konnte mich auch nicht stillen.“
„Schade“, sagte Isabelle, „Muttermilch beugt vielem vor.“
„Ich finde es auch sehr schade“, stimmte Frau Steininger ihr zu, „aber das lässt sich nun leider nicht ändern.“
„Hat es irgendwelche Unregelmäßigkeiten während Ihres Aufenthalts gegeben?“
Sie stutzte. „Was für Unregelmäßigkeiten? Ich weiß nicht, was Sie meinen.“
„Vielen Dank für Ihre Auskunft“, sagte ich.
Wir verabschiedeten uns.
„Was denkst du?“, fragte ich Isabelle, als wir draußen waren. „Die Kleine sieht ihr wirklich ähnlich.“

„Okay. Das kann auch bedeuten, dass der Leihmutter ein befruchtetes Ei von Frau Steininger eingesetzt wurde. Aber ich weiß es nicht. Im Bad gab es keine Hinweise auf eine Schwangerschaft und keine Pflegeprodukte zur Unterstützung der Rückbildung und Vermeidung von Schwangerschaftsstreifen. Auch im Wäschekorb habe ich keine Umstandskleidung oder -unterwäsche gefunden, aber das muss alles nichts heißen", sagte Isabelle.
„Und sie stillt nicht. Auf der anderen Seite hat sie den Ablauf der Geburt sehr genau geschildert. So etwas denkt man sich nicht auf die Schnelle aus."
„Vielleicht war sie ja dabei, als ihr Kind geboren wurde, aber nicht als Gebärende, sondern als Zuschauerin. Wenn ich mich in sie hineinversetze, kann ich mir gut vorstellen, dass sie als Mutter die Geburt ihrer Tochter miterleben will, und das ist in der Klinik ja möglich."
„Also sind wir genauso schlau wie vorher. Könnte ein Frauenarzt sehen, ob eine Frau schon Kinder geboren hat?", fragte ich.
„Soweit ich weiß, nur in den Monaten nach der Geburt. Ansonsten wohl nicht. Nach einer gewissen Zeit bildet sich alles zurück, außer es kommt zu Verletzungen wie Kaiserschnitt oder Dammschnitt. Dann bleiben natürlich Narben."
„Wie wäre es eigentlich, wenn jetzt tatsächlich herauskäme, dass eine Leihmutter Melanie geboren hat, die Eizelle und das Sperma jedoch von den Steiningers kommen. Was würde mit der Kleinen passieren? Würde man sie der Mutter, also der Frau Steininger, wegnehmen?"
„Puh", sagte Isabelle. „Ich weiß es nicht. Rechtlich wäre Frau Steininger nicht die Mutter, sondern die Frau, die das Mädchen geboren hat. Eine furchtbare Situation für alle Beteiligten."
Wir fuhren zurück zur Quaestoria.

9

Limo hatte während unseres Besuches bei Iris Steininger die Zeit genutzt, um mehr über die Familie herauszufinden. Dabei war vor allem eins interessant. Herr Steininger, ein Gutverdiener aus der IT-Branche, hatte innerhalb des letzten Jahres nicht nur seine Lebensversicherung gekündigt und zurückgekauft, sondern auch sein Sparkonto leergeräumt und einen kräftigen Kredit aufgenommen. Das Ganze belief sich auf etwa zweihunderttausend Euro, die er nach und nach abgehoben hatte und die anscheinend einfach verdampft waren. Es gab keine Überweisungen und keine Belege darüber, wofür das Geld ausgegeben worden war.
„Ich kann mir vorstellen, wo das Geld gelandet ist“, sagte ich.
„Ich auch“, sagte Limo.
„Aber das ist alles kein Beweis, zumal die Informationen illegal gesammelt wurden“, wandte Isabelle ein.
„Stimmt, aber es ist ein weiteres Indiz, das unseren Verdacht erhärtet“, bekräftigte ich.
„Die ganze Sache ist furchtbar traurig“, sagte Isabelle. „Iris Steininger, eine sympathische Frau und bestimmt eine gute Mutter, hat zwei Fehlgeburten erlitten und sich so sehr ein Kind gewünscht, dass sie vielleicht einen kriminellen Weg gewählt hat, um ihr Ziel zu erreichen.“
„Nicht dass ich das gutheiße, aber kann man es nicht auch so sehen, dass in diesem Fall alle Beteiligten einen Vorteil dabei haben? Die Steiningers haben ihr Kind, die Leihmutter hat Geld verdient, die Klinik floriert ...“
„... und Humpe macht den dicken Reibach“, unterbrach mich Limo. „So kann man es auf keinen Fall sehen. Gleichgültig ob die Leihmutterschaft illegal ist wie bei uns oder

erlaubt wie in den USA, in Rumänien oder in Indien. Ich finde, es darf nicht alles in der Welt ein Preisschild haben. Deshalb würde ich mich für eine internationale Ächtung der Leihmutterschaft einsetzen, auch weil es Kinderhandel ist."

„Bei manchen Erfindungen denke ich, es wäre besser, man hätte sie niemals gemacht. Dazu zählt auch die künstliche Befruchtung und die Möglichkeit der Leihmutterschaft", sagte Isabelle. „Am Ende leiden immer die Armen und die Kinder. Leihmutterschaft ist Ausbeutung der Frau und Degradierung des Kindes zur Ware."

Limo nickte zustimmend.

„Okay. Vor dieser Geschichte habe ich mir noch nie Gedanken über das Thema gemacht", gab ich zu, „das war immer ganz weit weg für mich."

„Irgendwo müssen ethische Grenzen gezogen werden", fuhr Isabelle fort, „als Nächstes werden Kreuzungen zwischen Menschen und Tieren in künstlichen Gebärmüttern gezüchtet."

„Oder Kinder nach Maß, Designerbabys, womöglich patentiert."

„Malt ihr da nicht ein bisschen schwarz?", wandte ich ein.

„Seit wann bist du so blauäugig, Freddie", mahnte Limo. „Du weißt doch: Was technisch machbar ist, wird gemacht."

Ich seufzte. „Es stimmt ja, was ihr sagt. Aber was sollen wir jetzt tun? Wie machen wir weiter?"

In diesem Moment klingelte mein Telefon. „Herr Nietsch! Ich würde Sie gerne zu einem Glas Champagner in meinem Wagen einladen. Ich bin in zwei Minuten bei Ihnen."

Ich erkannte Humpe sofort. „Was wollen Sie?"

„Mit Ihnen reden. Wir drehen eine kleine Runde um den Block, dann setze ich Sie vor Ihrer Tür wieder ab."

Ich überlegte einen Moment. Humpe war klug genug, kei-

nen Stress mit mir anzufangen, wenn ich nachweislich in seinem Wagen saß. „Okay“ ‚stimmte ich zu.
„Das war Humpe“, sagte ich zu Limo und Isabelle, „er will mit mir reden.“
„Wann?“
„Sofort.“
„Darauf wirst du dich doch wohl nicht einlassen“, erwiderte Isabelle.
„Doch. Ich denke, es ist sicher. Er ist klug genug, keinen Ärger zu machen, wenn ich in seinem Wagen sitze.“
„Ich komme mit“, sagte Isabelle.
Ich schüttelte den Kopf. „Das würde nichts bringen. Besser du bleibst hier auf deinem Posten. Wenn ich in fünfzehn Minuten nicht zurück bin oder mich gemeldet habe, schlagt ihr Alarm.“
„Leck mich fett“, stöhnte Limo. „Der Mann wollte dich in die Luft sprengen. Ich mache mir echt Sorgen.“
Ich verließ die Quaestoria, um vor dem benachbarten Café zu warten, als auch schon der Bentley des Alten, gesteuert von einem Chauffeur in Uniform, um die Ecke bog. Humpe saß auf dem Rücksitz und öffnete mir die Tür. Ich setzte mich neben ihn. In einer speziellen Vorrichtung stand gegen abrupte Bewegungen gesichert eine Flasche Moet & Chandon mit zwei Gläsern, in denen es bereits perlte. Für die Innenausstattung waren nur edle Materialien eingesetzt worden, Holz, helles Leder und Gold. Auf der Rückseite der Vordersitze waren Flachbildschirme eingelassen. Ein Blick nach vorne zeigte ein konservatives Cockpit mit runden Armaturen ohne digitalen Schnickschnack.
„Schön, dass Sie meine Einladung angenommen haben. Das zeigt doch, dass Sie ein vernünftiger Mann sind und man mit Ihnen reden kann“, sagte Humpe. „Prost.“
Wir stießen an und nahmen einen Schluck. „Besser reden als bomben“, sagte ich.

„Oh ja, ich habe es gelesen. Da müssen Sie jemanden sehr verärgert haben“, sagte er. „Ich hoffe, Sie denken nicht, dass ich damit zu habe.“
„Ehrlich gesagt gehe ich davon aus, dass der kleine Gruß von Ihnen stammt.“
„Haben Sie denn sonst keine Feinde? Sie können sich glücklich schätzen. Zu meinen besten Zeiten gab es immer eine ganze Handvoll Kandidaten für solche Attacken. Aber ich nehme an, Sie sind gut versichert.“
„Ich wollte mir ohnehin ein anderes Auto zulegen. Der Barchetta war für einen Detektiv zu auffällig.“
„Das würde ich genauso sehen.“ Humpe tätschelte mit einer Hand seine Sitzlehne. „Ich kann Ihnen uneingeschränkt dieses Modell empfehlen, aber das ist leider ebenso auffällig wie Ihr alter Wagen.“
„Sie wollen sicherlich nicht über Autos mit mir reden.“
Inzwischen fuhren wir mit leisem Surren durch die Bleickenallee.
„Richtig, Herr Nietsch. Ich will Sie davor bewahren, sich in eine Sache zu verrennen, die allen Beteiligten nur Kummer bereiten würde.“
„Sie meinen die Leihmütter-Vermittlung, nehme ich an.“
„Leihmutter ist ein hässliches Wort“, sagte der Alte, „manche Frauen werden ungewollt schwanger, und andere Frauen wollen gerne schwanger sein und werden es nicht. Mit etwas Glück treffen solche Frauen manchmal aufeinander, und damit ist allen geholfen. Mit Ihren unvernünftigen Ermittlungen wirbeln Sie sehr viel Staub auf, und am Ende sind alle Beteiligten unglücklich. Das können Sie doch nicht wirklich wollen.“
„Wieso unvernünftig? Schließlich reden wir hier über Kinderhandel.“
Humpe lachte. „Ihre Beschuldigungen werden immer absurder. Leihmütter, Kinderhandel, am Ende machen Sie

mich noch für den 11. September verantwortlich. Aber egal. Ich bin gekommen, um Ihnen klarzumachen, dass ich mit dem Tod der Hebamme absolut nichts zu tun habe. Sie liegen falsch mit Ihren Verdächtigungen und beeinträchtigen meine vollkommen legalen Geschäfte. Ich weiß nicht, wer diese Frau Wozniak erschlagen hat. Sie war eine geschätzte und nahezu unersetzliche Mitarbeiterin, und Sie können mir glauben, ich bin über ihr Ableben genauso unglücklich wie Sie. Nicht nur wegen all des Staubs, den diese Sache aufgewirbelt hat. Wenn ich könnte, würde ich Ihnen den Täter liefern."

„Ich fürchte, die Verwerfungen durch Kims Tod sind schon zu weit fortgeschritten, als dass sie sich noch stoppen ließen", sagte ich.

„Denken Sie doch mal nach. Bei dem, was wir machen, kommt niemand zu Schaden. Niemand wird drogensüchtig, niemand wird zu irgendetwas gezwungen, niemand wird bestohlen oder betrogen. Im Gegenteil, es entsteht neues Leben, es gibt glückliche Eltern, die ihrem Kind ein gutes Leben bieten können, Frauen verdienen genug Geld, um sich ein Studium zu finanzieren. Alles geschieht sicher, sauber und gefahrlos in einer guten Umgebung, ohne dass Leute sich Risiken aussetzen müssen, indem sie nach Indien, Rumänien oder sonst wohin reisen müssen." Humpe hatte erstmalig Klartext geredet.

„Das hört sich ja an, als müsse man Sie für den Nobelpreis vorschlagen", sagte ich, „aber ich fürchte, das wird nichts. Sie wissen sicher, dass ich eng mit der Polizei zusammenarbeite. Außerdem ist und bleibt Ihr Geschäftsmodell kriminell."

„Die Polizei lassen Sie mal meine Sorge sein. Dazu bin ich lange genug in der Stadt."

„Ich verstehe. Deshalb wird die Polizei ausgebremst, was Ihre Klinik angeht."

„Wenn Sie es so nennen wollen."
„Wir sollten unser Gespräch jetzt beenden", sagte ich. „Es führt nirgendwohin. Ich habe verstanden, dass Sie Kim Wozniak nicht erschlagen haben, aber dann ist Ihr Geschäft sozusagen ein Kollateralschaden. Und ich kann Sie deswegen nicht einmal bedauern."
Humpes Gesicht versteinerte. „Nun denn, es ist Ihre Entscheidung. Hier sind unberechenbare Kräfte am Werk. Sagen Sie nicht, ich hätte Sie nicht gewarnt."
Wir waren bereits wieder auf dem Rückweg. Vor der Quaestoria stieg ich aus.
„Ich mag Sie", sagte Humpe. „Denken Sie noch mal darüber nach, ob Sie mich wirklich zum Feind haben wollen."
„Auf Wiedersehen. Und vielen Dank für den Champagner."
Limo und Isabelle waren erleichtert, als ich wieder im Büro stand. „Was wollte er von dir?", fragte Limo.
„Ich habe wohl gerade die letzte Warnung bekommen", sagte ich, „und er hat mir plausibel erklärt, dass er tatsächlich nichts mit Kims Tod zu tun hat."
„Wie das?", fragte Isabelle.
„Er leidet unter den Folgen. Unsere Ermittlungen gefährden sein Geschäft mit der Klinik. Wenn er könnte, würde er uns den Täter sogar liefern. Ohne den Mord an Kim wären seine Machenschaften niemals aufgeflogen."
„Aber wer war es dann? Allmählich gehen uns die Ideen aus", meinte Limo.
„Wir sind auf der Suche nach einem Mörder und haben in das Wespennest eines Kinderhändlerrings gestochen", sagte ich, „und im Moment denke ich sogar, dass das eine vielleicht nicht einmal mit dem anderen zusammenhängt."
„Das kann ich nicht glauben", sagte Limo, „irgendwie gibt es einen Zusammenhang, wenn auch Humpe selbst ihn nicht kennt."

„Clemens und Wildmüller. Ich denke, die beiden leitenden Ärzte der Klinik sollten wir uns noch genauer anschauen", sagte Isabelle.
„Um Antje Wildmüller, Humpes Tochter, haben wir uns bisher kaum gekümmert", pflichtete ich ihr bei.
„Und was ist mit Mutter und Sohn Posspechil und ihrer durchgeknallten Sekte?", fragte Limo.
„Fängst du wieder mit deinem Lieblingstäter an. Hatten wir den nicht längst ausgemustert?"
„Der Sohn ist zwar ein mieser Hund, aber inzwischen denke ich eher an die Mutter. Sie hätte ein Motiv, sie hat kein Alibi, und sie ist verrückt genug. Guck dir unsere Eingangstür an und den Zauber, den diese Leute vor dem Krankenhaus veranstaltet haben. Posspechil ist inzwischen entlassen und wieder bei seiner Mutter."
„Der Arme", sagte ich.
„Was ist los mit dir?", schimpfte Limo jetzt. „Erst äußerst du Verständnis für Leute, die Leihmütter bezahlen, und jetzt bemitleidest du einen üblen Frauenquäler."
„Alle sind eben irgendwie selbst Opfer", sagte ich. „Es ist nicht immer alles einfach schwarz oder weiß."
„Trotzdem gilt es, Stellung zu beziehen", wusch mir meine kompromisslose Mitarbeiterin den Kopf. „Man kann sich nicht immer überall durchlavieren."
„Aber eine gewisse Objektivität zu behalten, schützt oft vor zu schnellen Urteilen."
„Subjektiv, objektiv, ein Schwein bleibt ein Schwein, auch wenn seine Mutter die Schuld dafür trägt."
„Könnt ihr mal aufhören zu streiten", mischte sich jetzt Isabelle ein, „wir sollten lieber zusehen, dass wir weiterkommen."
„Keine Sorge", sagte ich, „solche kleinen Scharmützel sind fruchtbar und gehören für uns zum Arbeitsalltag."
„Wie geht es nun weiter?", fragte Isabelle.

„Wir müssen Humpe den Wind aus den Segeln nehmen, bevor er zum Angriff übergeht. Ich denke, es wird jetzt doch Zeit für eine Durchsuchung der Klinik."

Inzwischen war es später Nachmittag. Ich griff zum Telefon, um meinen Freund anzurufen und ihn auf den neuesten Stand zu bringen. Er teilte meine Meinung, was die Klinik betraf, zumal seine Leute, die den Laden beobachteten, von erhöhtem Verkehrsaufkommen berichteten.

„Es sieht so aus, als würde bereits belastendes Material weggeschafft."

„Dann muss es wirklich schnell gehen", drängte ich.

„Unmöglich. Der Staatsanwalt hat unmissverständlich klargemacht, dass es ohne weitere Beweise keine Durchsuchung der Klinik geben wird. Sogar der Innensenator hat sich schon eingeschaltet und will wissen, was da los ist, warum wir die Klinik ins Visier genommen haben."

„Dann können wir die Sache vergessen und uns betrinken", sagte ich.

„Außerdem birgt eine groß angelegte Durchsuchung in einer Klinik erhebliche Risiken. Humpe hat sich ein Betätigungsfeld ausgesucht, das uns wirklich vor nahezu unlösbare Probleme stellt. Was, wenn irgendetwas Unglückliches passiert, irgendwelche medizinischen Notfälle? Fehlgeburten?"

„Gibt es nicht so etwas wie eine ‚Durchsuchung light'? Nur das Obergeschoss und den Keller, und das auch möglichst behutsam? Wenn es etwas Belastendes gibt, dann wahrscheinlich dort. Ich glaube sowieso nicht, dass wir belastende Akten oder Daten finden. Meine Hoffnung ruht auf zwei Säulen. Die eine ist Olinka. Sie und ihr Ungeborenes scheinen eine Schlüsselrolle bei der Sache zu spielen."

„Und die zweite?"

„Vielleicht bringt die Unruhe und die Angst vor Entdeckung eine der Frauen zum Reden. Das sind alles keine hartgesottenen Gangster, sondern schwangere Callgirls und ganz normale Frauen mit Kinderwunsch. Die halten keinen großen Druck aus."

„Unter bestimmten Umständen könnte das Gesundheitsamt so etwas machen, aber das Risiko ist groß. Wenn es keine brauchbaren Ergebnisse bringt, rollen Köpfe — und zwar zuallererst meiner", sagte Ariano.

„Dann wirst du mein Partner in der Quaestoria", schlug ich vor.

„Tolle Perspektive", meinte Ariano sarkastisch.

Mein Freund dachte kurz nach und fasste dann einen Entschluss. „Also gut. Ich versuche, die Sache anzuschieben."

„Mist." Mir kamen Zweifel. „Oder sollen wir doch nach einem anderen Weg suchen?"

„Welchen denn?"

„Keine Ahnung", sagte ich.

„Ich rufe gleich wieder an." Er legte auf.

Wertvolle Zeit verstrich. Isabelle hatte ihren Beobachtungsposten hinter dem Fenster wieder eingenommen, während ich wie ein Tiger im Käfig im Kreis herumlief. Die wildesten Gedanken wuselten durch meinen Kopf. Würde ich daran schuld sein, wenn mein Freund suspendiert und vielleicht sogar entlassen wurde? Würden wir uns zum Gespött der ganzen Stadt machen? Würde ich mit Prozessen überzogen und in den Bankrott getrieben werden? Plötzlich war ich vollkommen niedergeschlagen und pessimistisch.

Als das Telefon endlich klingelte, hechtete ich hin. „Fehlanzeige", sagte Ariano. „Auch dem Gesundheitsamt sind die Hände gebunden. Wir können eine vollkommen unbescholtene Klinik, gegen die es noch niemals nur den Hauch eines Verdachts von Unregelmäßigkeiten gegeben hat, nicht so massiv ins Visier nehmen."

Ich wusste nicht, ob ich mich ärgern oder freuen sollte. Wenigstens würden all die bösen Konsequenzen, die ich mir ausgemalt hatte, nicht eintreten, aber wir würden auch nicht weiterkommen.
Kaum war unser Gespräch beendet, hatte ich einen weiteren Anruf in der Leitung.
Es war Humpe. „Mein lieber Herr Nietsch“, sagte er, „ich habe noch einmal über unser Gespräch nachgedacht und muss leider zugeben, dass Sie mit Ihrer Einschätzung der Lage richtigliegen. Das Problem ist schon zu weit gediehen und zu sehr bekannt, als dass es möglich wäre, einfach weiterzumachen, als sei nichts geschehen.“
„Und das bedeutet?“
„Sie bekommen gleich Besuch von einer jungen Frau, mit der Sie, wie ich erfahren habe, gerne sprechen würden. Außerdem biete ich Ihnen an, sich in der Klinik umzusehen, natürlich unter Einhaltung der üblichen Sicherheitsvorschriften und in Begleitung eines Arztes. Sie sehen also, ich habe nichts zu verbergen, und hoffe, anschließend den normalen Klinikbetrieb weiterführen zu können. Illegale Aktivitäten, so wie Sie sie unterstellen, haben bei uns nie stattgefunden.“ Humpe legte auf.
„Wer war das?“, fragte Limo.
„Humpe. Er schickt uns Olinka mit der Einladung, uns in der Klinik nach Belieben umzusehen.“
„Jetzt verstehe ich gar nichts mehr“, sagte Isabelle.
„Einen Moment.“ Ich rief Ariano an, um ihm von der plötzlichen Wende zu erzählen.
„Ich bin schon unterwegs“, sagte er, „mit dieser Olinka will ich auch reden.“
„Wieso dieser Sinneswandel?“, fragte Limo.
„Er hat begriffen, dass es zu gefährlich geworden ist, einfach weiterzumachen. Selbst wenn er eine offizielle Durchsuchung abblocken und mich ausschalten kann,

weiß er doch, dass er im Visier der Polizei ist. Deshalb hat er sich entschieden zu kooperieren. In nächster Zeit werden sich alle Beteiligten ruhig verhalten, und wenn Gras über die Sache gewachsen ist, wird er weitermachen. Ich bin sicher, dass wir nichts Verdächtiges finden werden."
„Aber wer, zum Teufel, hat Kim Wozniak erschlagen? Suchen wir womöglich tatsächlich in der ganz falschen Ecke?", fragte Isabelle.
„Ich sage nur: Feardorcha Posspechil", sagte Limo mit einem Mona-Lisa-Lächeln in den Mundwinkeln.
Ich schüttelte den Kopf. Sollte meine Mitarbeiterin am Ende doch den richtigen Riecher haben?
Bevor wir das Thema vertiefen konnten, sah Isabelle Humpes Bentley vorfahren. Er selbst saß nicht mehr im Wagen. Der Chauffeur ließ Olinka aussteigen und fuhr dann weiter. Schwerfällig bewegte die hochschwangere junge Frau sich die drei Stufen zu unserer Eingangstür hinauf und trat ein.
„Dobré ráno, Olinka." Ich bot ihr einen Platz auf unserem Besuchersofa an und stellte uns vor.
„Was geschehen? Warum große Aufregung? Warum ich muss Klinik verlassen?"
Sie hatte mindestens genauso viele Fragen wie wir. Kurze Zeit später traf auch Ariano ein, sodass sie jetzt gleich vier Leuten gegenübersaß. Nach und nach klärten sich dann die Verhältnisse. Olinka stammte aus Bulgarien und arbeitete im Begleitservice, um Geld für ein Studium zu verdienen. Vor etwa einem Jahr hatte einer ihrer Kunden ihr das Angebot gemacht, sich von ihm schwängern zu lassen, das Kind auszutragen, um es dann ihm zu überlassen. Seine Ehe war kinderlos, und seine Frau wünschte sich über die Maßen ein Kind. Er bot ihr genug Geld, um mit dem Begleitservice aufhören zu können. Zu diesem Zeitpunkt war ihr noch nicht klar, dass so etwas in Deutschland verboten

ist. Weder ihre Agentur noch die Klinik haben von diesem Geschäft etwas gewusst, sagte sie. Den Namen des Vaters wollte sie allerdings nicht preisgeben. Ihre Lage sei jetzt ohnehin schwierig. Die Klinik wollte sie nicht mehr aufnehmen, und sie machte sich Sorgen, ob der Kindsvater ihr das Kind unter diesen Umständen noch abnehmen würde.
Und wieder lagen die Dinge komplizierter, als es auf den ersten Blick aussah. War es tatsächlich illegal, wenn die leibliche Mutter dem leiblichen Vater das Kind überließ? Nur wenn die Ehefrau des leiblichen Vaters es als ihr eigenes Kind ausgeben würde, und davon war zumindest bisher noch nicht die Rede.
Während Limo mit Olinka in der Quaestoria blieb, fuhren Isabelle, Ariano und ich nach Blankenese. Zwar war es extrem unwahrscheinlich, dass wir irgendetwas Belastendes fanden, aber wir wollten uns zumindest einen Eindruck verschaffen.
Wie immer saß Frau Brockmann am Empfang. Für einen Moment starrte sie mich mit hasserfülltem Blick an, dann obsiegte wieder ihr hochnäsig kühler Gesichtsausdruck. „Herr Dr. Clemens ist nicht im Haus“, sagte sie, „Frau Dr. Wildmüller wird sich um Sie kümmern. Wenn Sie sich bitte einen Moment gedulden.“
Drei Minuten später begrüßte uns Humpes Tochter. „Da haben Sie uns ja gerade noch rechtzeitig vor einem Fehler bewahrt, Herr Nietsch“, sagte sie, „sonst hätte ich mich noch mit dieser Olinka unwissentlich an einem Kinderhandel beteiligt. Vielen Dank.“
„Gern geschehen“, sagte ich sarkastisch, „aber sagen Sie, als ich Olinkas Foto Ihrem Kollegen gezeigt habe, hat er behauptet, sie nicht zu kennen. Wie kann das sein?“
„Das ist ganz einfach. Olinka war meine Patientin. Hätten Sie mich gefragt, ich hätte Ihnen selbstverständlich Auskunft gegeben.“

„So ein Pech aber auch“, sagte ich, „das hätte mir viel Arbeit erspart.“
Sie lächelte nachsichtig. „Sehen Sie. Man sollte immer sehr sorgfältig sein, egal was man macht.“
Unglaublich abgebrüht! Sie war die würdige Tochter ihres Vaters: Sie kochte uns kühl ab.
„Was wollen Sie als Erstes sehen?“, fragte sie dann.
Wir entschieden uns für den dritten Stock. „Warum gibt es keinen freien Zugang zu dieser Station“, wollte Isabelle wissen.
„Im Dritten liegen die Risikopatientinnen und die Frühchen in den Brutkästen. Dort lassen wir besondere Vorsicht walten, um Infektionen zu verhindern“, sagte Frau Wildmüller. „Deshalb muss ich Sie bitten, Schutzkleidung und Mundschutz anzulegen, bevor Sie die Station betreten.“
Vermummt drehten wir eine Runde, natürlich ohne Unregelmäßigkeiten zu finden. Wir befragten einige der Risikoschwangeren, aber alles schien korrekt zu sein. Es gab vier leere Betten. Eines davon hatte Olinka belegt, die anderen warteten auf Patientinnen.
Auch im Untergeschoss deutete nichts auf Unregelmäßigkeiten hin, und ich war sicher, dass auch Fachleute nichts finden würden. Wir kehrten zurück in Dr. Wildmüllers Büro.
„Sind Sie jetzt zufrieden?“, fragte sie angriffslustig.
„Sie sind es offenbar nicht“, sagte ich.
„Wundert Sie das? Sie stören den empfindlichen Betrieb, beschädigen unseren Ruf und stellen unsere ganze Familie unter Generalverdacht. Ist es, weil mein Vater Harald Humpe heißt? Ihn für alles verantwortlich zu machen, was schiefläuft in der Stadt, hat ja eine gewisse Tradition. Sie sollten sich schämen.“
„Mäßigen Sie sich, Frau Wildmüller, eine Mordermittlung ist kein Kasperletheater“, sagte Ariano.

„Und der Verdacht auf Leihmuttervermittlung und Kinderhandel auch nicht“, sagte Isabelle.
„Richtig. Deshalb sollten Sie handfeste Beweise vorbringen, bevor Sie einen solch ungeheuerlichen Verdacht in die Welt setzen.“
Wir verließen die aufgebrachte Gynäkologin und fuhren zurück nach Ottensen in die Quaestoria. Im Auto unterhielten wir uns natürlich weiter über den Fall.
„Die Frau hat Haare auf den Zähnen“, meinte Ariano.
„Als Tochter einer Ex-Domina und einer Kiezgröße kann man auch nichts anderes erwarten“, sagte ich.
„Jetzt sind wir wieder bei null“, bemerkte Ariano, „ein Glück, dass wir keinen Durchsuchungsbeschluss bekommen haben.“
„Und ich bin auch sicher, dass keines der Paare redet, denn das hätte die Konsequenz, dass sie ihr Kind verlieren würden.“
„Also kommen Humpe und Konsorten mal wieder davon“, sagte Isabelle.
„Sieht so aus“, bestätigte Ariano, woraufhin Isabelle lediglich „Scheiße!“ hervorstieß.
„Als Beamtin der Freien und Hansestadt Hamburg sagt man so etwas nicht“, sagte ich, „aber in der Sache stimme ich dir zu.“
„Mir ist nicht nach Scherzen zumute“, grummelte Isabelle.
Limo und Olinka saßen zusammen auf dem Sofa und unterhielten sich. Als wir eintrafen, verabschiedete meine Mitarbeiterin sich. Sie hatte noch etwas vor, das sich nicht verschieben ließ. Wir waren niedergeschlagen und wussten nicht weiter. Sollte der Mord an Kim Wozniak der erste Fall sein, den ich ungelöst lassen musste? Ich versuchte, mich damit selbst zu beschwichtigen, dass es in Wahrheit gar nicht mein Fall war, dass ich keinen Auftrag hatte und nicht bezahlt wurde. Das funktionierte natürlich nicht,

weil es einfach Quatsch war, Auftrag oder nicht, egal. Dies war mein Fall, und ich erlebte gerade meinen ersten fetten Misserfolg, eine Bruchlandung auf dem harten Boden der Wirklichkeit. Natürlich war mir klar, dass das Leben so war. Nur Film- oder Romanhelden schafften immer alles, also war es lediglich eine Frage der Zeit, wann ich das erste Mal dran glauben musste, aber sollte das wirklich schon heute sein?

„Was soll jetzt machen ich?", fragte Olinka. „Wohin gehen?"

Das war eine berechtigte Frage, die uns ratlos zurückließ. Die Klinik würde sie nicht mehr nehmen.

„Hast du keine Wohnung?"

„Doch. Ich habe Wohnung. Aber Baby bald kommen. Ich nicht alleine in Wohnung sein will. Bitte helfen."

Was tun? Wir überlegten hin und her und kamen dann überein, dass Isabelle mit ihr in meine Wohnung gehen sollte, während ich in der Quaestoria auf dem Sofa übernachten würde. Ariano nahm ihre Personalien auf und machte sich dann auf den Weg. Ich begleitete die Frauen und zeigte ihnen, wo alles Nötige zu finden war. Isabelle schlief in meinem Bett, und Olinka stand mein Gästezimmer zur Verfügung. Mir reichte es auch, der Tag war ewig lang. Ich war todmüde, verzog mich ins Büro und legte mich hin.

Ich hatte das Gefühl, gerade eingeschlafen zu sein, als mein Telefon läutete. Meine Uhr zeigte kurz vor drei Uhr nachts. Isabelle war am Telefon. Sie hörte sich panisch an.

„Freddie komm rauf. Olinka bekommt ihr Baby."

„Hast du schon den Notruf alarmiert?"

„Ja, aber die werden etwas Zeit brauchen. Du musst mir helfen."

Oh Gott! Wie sollte das gehen? Eine lang zurückliegende Drei-Monats-Beziehung zu einer späteren Hebamme qualifizerte mich nicht wirklich zum Geburtshelfer. Ich zog mich schnell an, sprintete über die Straße und nahm immer drei Treppenstufen auf einmal, um zu meiner Wohnung zu gelangen. Schon vor der Wohnungstür hörte ich Olinka schreien. Offensichtlich hatte sie gerade eine Wehe. Das hatte mir gerade noch gefehlt.

Olinka hockte auf dem Boden vor meinem Gästebett. Das Laken und die Matratze waren nass. Die Fruchtblase war geplatzt und das Fruchtwasser herausgelaufen. Isabelle hielt sie im Arm und sprach ihr Mut zu.

„Was soll ich tun? Warst du schon mal bei einer Geburt dabei?“, fragte ich Isabelle.

„Nein.“

Olinka schrie irgendetwas auf Bulgarisch. Sie hielt es in der Hocke nicht mehr aus, sondern erhob sich und tigerte im Kreis durch das winzige Gästezimmer. Als die Wehe vorüber war, hatte sie eine kurze Atempause. Isabelle half ihr aus dem weiten Unterkleid, das sie als Nachthemd benutzt hatte. Dann kam die nächste Wehe, offenbar mit starkem Pressdrang, denn es schüttelte sie richtiggehend durch.

„Helft mir! Bitte, helft mir!“ Als ich ihr meine Hand reichte, verkrallte sie sich darin und vergrub ihre langen Fingernägel in meinem Handrücken. Sie gab furchtbare Laute von sich und zitterte am ganzen Körper. Übermannt von meinem Gefühl der vollkommenen Hilflosigkeit griff ich zum Telefon und wählte den Notruf.

„Können Sie uns nicht wenigstens per Telefon anleiten und sagen, was wir tun sollen?“

„Das wird nicht viel bringen“, sagte die freundliche Frau am anderen Ende, „schaffen Sie es nicht doch bis ins Krankenhaus? Die Klinik Bleickenallee ist doch ganz in Ihrer Nähe.“

Der Schrei, der durch die Leitung bis zu ihr drang, machte eine Antwort überflüssig. „Wir tun, was wir können, aber was glauben Sie, wie viele Notfälle im Moment auf unser Eingreifen warten."

Ich legte auf. Isabelle redete Olinka die ganze Zeit zu, stützte sie und hielt sie im Arm, aber auch sie schaute mich immer wieder verzweifelt an. Wieder wurde Olinka von einer Wehe überrollt, krümmte sich und zitterte.

„Ich glaube, Kopf kommt", sagte Olinka, als auch diese Wehe abgeflaut war.

„Hol eine Decke, damit sie nicht auf dem nassen Bett liegen muss", sagte Isabelle.

Ich war froh, etwas tun zu können, holte mein Plumeau aus dem Schlafzimmer und breitete es auf dem Gästebett aus. Isabelle schob die Gebärende darauf.

„Spreize deine Beine", sagte sie zu Olinka. Dann nahm sie ihren ganzen Mut zusammen und fühlte nach. „Oh Schreck! Ich kann Kopf und Haare spüren!

Ich rannte ins Bad, um alle verfügbaren Handtücher zu holen. Mit der nächsten Wehe wurde das Baby dann geboren. Isabelle fing es auf, hielt das winzige Menschlein hoch und legte es Olinka auf die Brust. Das kleine Würmchen, ein Mädchen, atmete sehr flach. Isabelle hob sie noch einmal hoch, woraufhin sie einen tüchtigen Schwall Fruchtwasser spuckte, aber einen ersten Schrei hatten wir noch immer nicht gehört. Ich geriet fast in Panik und war kurz davor zu hyperventilieren, als die Kleine endlich vernehmlich protestierte, dass sie den warmen Mutterleib hatte verlassen müssen. Eingepackt in Handtücher legte Isabelle das Baby wieder auf Olinkas Bauch.

Jetzt hörten wir unten auf der Straße den Rettungswagen. Die Notärztin, die Hebamme und zwei Sanitäter kamen polternd die Treppe heraufgerannt. Die Hebamme war die Erste, die bei Olinka war, und eine erste, schnelle Untersuchung ergab, dass alles in Ordnung zu sein schien. Wir atmeten erleichtert auf.

„Wollen Sie?“, fragte sie mich dann und hielt mir die Schere zum Abnabeln hin. Offensichtlich dachte sie, ich sei der glückliche Vater. Ohne darüber nachzudenken, schnitt ich die Nabelschnur an der Stelle ab, die sie mir zeigte.
Ich war heilfroh, dass die Leute endlich da waren. Die Beruhigungsspritze, die die Ärztin mir anbot, lehnte ich aber ab. Als es an die Nachgeburt ging, verließen Isabelle und ich das Zimmer, wir hatten unsere Pflicht getan. Die Sanitäter packten das Baby warm ein und legten es in eine spezielle Kinderschale. Es hatte ein ganz rotes Gesicht. Olinka landete auf einer Trage und wurde zusammen mit ihrem Töchterchen in die Kinderklinik Bleickenallee verfrachtet.
„Wie soll sie heißen?“, fragte ich, bevor Olinka herausgetragen wurde.
„Ich weiß nicht. Ich will sie gar nicht. Ich wollte nur Geld, und jetzt ich sitze mit Baby ohne Vater.“
Isabelle fing an zu weinen. „Für diese Scheißfrau riskieren wir unser Leben“, sagte sie mit tränenerstickter Stimme.
Ich nahm Isabelle in den Arm. „Verdammte Schildkrötenscheiße. Die Kleine hat es verdient, geliebt zu werden.“
„Und dass jemand ihr einen Namen gibt.“
„Was für ein mieser Start ins Leben für die Kleine. Sie sollten sich schämen“, sagte ich zu Olinka.
Das Callgirl schwieg und drehte den Kopf zur Wand.
Die Ärztin sprach uns ein dickes Lob aus. Wir hätten es nicht besser machen können. Mutter und Kind waren wohlauf. Wir brauchten eine ganze Weile und eine Flasche Rotwein, um das Adrenalin abzubauen und herunterzukommen. Was hätte nicht alles schiefgehen können? Ich mochte es mir gar nicht vorstellen.

10

Am nächsten Morgen kam ich nur langsam zu mir und brauchte ziemlich lange, um mich an die Ereignisse der letzten Nacht zu erinnern. Wieso lag Isabelle neben mir im Bett? Ach ja, richtig, wir hatten ja gemeinsam Olinkas Tochter zur Welt gebracht. Olinka, wie ging es ihr? Ich wollte aufspringen, um nach Mutter und Kind zu sehen, aber dann wusste ich wieder, dass der Arzt sie mitgenommen und Mutter und Tochter in die Klinik Bleickenallee gebracht hatte. Danach, um 6 Uhr am Morgen, waren Isabelle und ich vollkommen erledigt ins Bett gefallen. Wir hatten beide in meinem Bett geschlafen, weil das Gästebett durch das Platzen von Olinkas Fruchtblase nass war und ich in der Quaestoria keine Ruhe gehabt hätte, weil Limo immer früh ins Büro kam.
Jetzt war es schon 11 Uhr vormittags. Der gestrige Tag war lang und anstrengend, zumal ich ohnehin noch immer angeschlagen war. Das Bombenattentat auf mein Bötchen war ja gerade mal drei Tage her. Ich betrachtete die schlafende Isabelle. Zum ersten Mal fielen mir ihre langen Wimpern auf. Ich fand sie irritierend süß, selbst mit ungekämmt struppigem Haar und verwischtem Make-up. Sie schlug die Augen auf und lächelte.
„Schau mich nicht so kritisch an. Ich sehe furchtbar aus."
„Tust du nicht", sagte ich und blickte schnell zur Seite. „Wie hast du geschlafen?"
„Wie ein Stein. Und du?"
„Genauso. Es passiert wahrscheinlich nicht sehr oft, dass ein Mann und eine Frau ein Baby zur Welt bringen und danach zusammen im Bett landen."
„Unsere erste gemeinsame Nacht war schon der Hammer", sagte Isabelle.

„Stimmt. Hoffen wir mal, dass es keine zweite dieser Art gibt."
„Ja. Ich werde eine Weile brauchen, um mich von dieser zu erholen."
Ich stand als Erster auf, ging ins Bad, kochte Kaffee und deckte den Frühstückstisch.
„Du warst großartig letzte Nacht", sagte ich, „ohne dich wäre die Geburt schiefgegangen."
„Danke. Aber ich hatte eine Riesenangst, etwas falsch zu machen. Schließlich war es mein erstes Mal."
„Ich war wohl ein Totalausfall", sagte ich.
„Immerhin hast du durchgehalten. Und du hast die Nabelschnur durchgeschnitten. Jetzt hast du schon ein wenig Übung, wenn du mal selbst Vater wirst."
„Jedenfalls war ich heilfroh, als die Sanitäter endlich da waren."
„Aber eigentlich war das Gröbste da schon überstanden."
„Trotzdem. Was planst du jetzt?"
„Erst mal nach Hause, frische Sachen anziehen. Dann muss ich mit meinem Chef sprechen, wie es weitergehen soll. Ich denke, nachdem Humpe aus dem Spiel ist, brauchst du keinen Polizeischutz mehr."
„Aber ich fände es in jedem Fall besser, zu zweit zu agieren. Der Fall ist schließlich noch nicht gelöst."
„Ich melde mich."
„Okay."
Als Isabelle gegangen war, putzte ich das Gästezimmer und beseitigte die Spuren der nächtlichen, schweren Geburt. Ich zog das Bett ab und riss die befleckte Matratze heraus. So wie sie aussah, war sie wohl nicht mehr zu retten. Als ich so halbwegs für klar Schiff gesorgt hatte, ging ich hinüber zur Quaestoria, wo Limo bereits auf mich wartete. Sie hatte schon von Ariano von den Ereignissen unserer Nacht gehört.

„Respekt, Chef. Das macht dir so leicht kein Mann nach." Bevor wir anfingen, den Fall noch einmal aufs Neue durchzukauen, musste ich ihr erst mal brühwarm alles erzählen. Natürlich überging ich die Tatsache, dass Isabelle und ich in einem Bett geschlafen hatten. Zwar war nichts passiert und es hatte keinerlei Bedeutung, aber trotzdem ging es niemanden etwas an. Isabelle würde sicher auch nicht darüber sprechen.

Was den Mord an Kim betraf, machte sich bei mir zunehmend Ratlosigkeit breit. Wer blieb als Täter übrig? Was war das Motiv? Hatten wir die ganze Zeit in die falsche Richtung gedacht? Humpe und die Klinik waren jedenfalls aus dem Spiel. Gab es jemanden, den wir noch gar nicht kannten und den wir vielleicht niemals finden würden? Es wäre nicht der erste Mord, der nie aufgeklärt wurde.

Limo teilte meine Frustration allerdings nicht. „Auch wenn es dich nervt", sagte sie, „aber ich muss noch mal über Feardorcha und seine Mutter reden. Du weißt, dass ich von Anfang an den Täter in dieser Richtung vermutet habe. Was das Motiv angeht, habe ich mich geirrt, es ist nicht verschmähte Liebe, und ich halte auch Feardorcha nicht mehr für den Mörder. Aber seine Mutter und diese Hexen, die Töchter der Göttin, haben nicht nur ein Motiv, sondern sind auch verblendet genug, um ihre Interessen mit kriminellen Mitteln durchzusetzen."

„Wie das?"

„Ich habe in den letzten Tagen nach Feierabend ein wenig nebenher ermittelt." Sie grinste, und ich horchte auf.

„Zuerst habe ich mich näher mit dem keltischen Kult von Ostara und Taranis beschäftigt. Natürlich fand ich es skurril, dass es noch immer Leute gibt, die ernsthaft an so etwas Abstruses glauben. Bei Google habe ich nicht allzuviel darüber gefunden, aber ich hatte ja gesagt, dass ich, bei aller Liebe zur digitalen Recherche, nicht nur am

Monitor arbeiten wollte. Also habe ich als Interessentin Kontakt zu den Töchtern der Göttin aufgenommen. Deren Großmeisterin ist die Hexe Coira Posspechil, Feardorchas Mutter. Gestern Abend war ich zum ersten Mal bei einem Treffen der Sekte. Ich wurde recht herzlich empfangen. Meine äußere Erscheinung machte mich ganz und gar unverdächtig. Ich sehe wohl ein bisschen wie eine Hexe aus." Sie grinste schief.

„Muss ich mir Sorgen um dich machen?"

„Die Töchter der Göttin halten regelmäßig Zusammenkünfte an Kraftorten ab, bei denen rituelle Handlungen durchgeführt werden. Kräutermischungen werden geraucht oder eingeatmet, magische Tänze werden aufgeführt, Beschwörungen und allerlei Hokuspokus finden statt."

„Und was hat das alles mit unserem Fall zu tun?"

„Wart's ab. Die Sekte besteht nur aus Frauen, die sich allesamt als Hexen sehen. Es gibt nur einen Mann, und das ist der zukünftige Vater der Erlöserin, eines Mädchens, das in Anwesenheit der Göttin rituell gezeugt wird und bereits drei Tage nach der Zeugung geboren wird. Dieser Mann muss rein sein, sollte noch keinen Geschlechtsverkehr mit Frauen außerhalb des Kreises der Töchter der Göttin gehabt haben, und er heißt Feardorcha Posspechil."

„Aber wie wir wissen, hatte Posspechil Geschlechtsverkehr, und mehr noch: Er hat Frauen gequält. Ich kann mir nicht vorstellen, dass er für Hexen noch akzeptabel ist."

„Richtig. Damit fällt er quasi aus, es sei denn, er unterzieht sich einem Reinigungsritual, das sehr schmerzhaft und unangenehm sein soll."

„Und?"

„Dieses Reinigungsritual findet heute Abend im Sachsenwald an einem Kraftort statt, einem Schalenstein aus keltischer Zeit."

„Unglaublich, was für Spinner es gibt“, sagte ich kopfschüttelnd.
„Die Zeugung der Erlöserin muss zur Frühjahrs-Tag-und-Nachtgleiche am 21. März stattfinden. Deshalb drängt die Zeit für die Reinigung. Wird Feardorcha nicht rechtzeitig frisch gemacht, müssen die Hexen zwölf Jahre auf den nächsten möglichen Zeugungstermin warten, wahrscheinlich sogar vierundzwanzig, denn es muss ein neuer Erlöserinnenvater herangezogen werden. Auch wenn man davon ausgeht, dass es sich letztlich um hanebüchenen Unsinn handelt, haben wir hier doch ein starkes Motiv. Feardorchas Fixierung auf Medusa hat die ganze Planung der Sekte zerkloppt. Man hätte viele Jahre warten müssen, wenn er als Spender des heiligen Samens ausfällt. Außerdem wäre es eine wahnsinnige Enttäuschung und ein Gesichtsverlust für die Großmeisterin, seine Mutter, wenn ihr Sohn so schmählich enttäuscht hätte. Das würde sicher auf sie zurückfallen.“
„Hmmh“, musste ich zugeben, „das hört sich gar nicht so abwegig an.“
„Deshalb meine Theorie: Coira Posspechil hatte mit Kim Wozniak Kontakt aufgenommen und sie aus dem Weg geräumt. Sie drohte ihr, und als ihr Sohn sich auch durch die Zurückweisung nicht von Kim abbringen ließ, brachte sie die Hebamme um.“
„Frau Dombrowski hatte auch von einer Besucherin gesprochen“, fiel mir jetzt wieder ein. „Und was ist mit Olinkas Tochter?“
„Olinka und ihr Kind haben vielleicht nichts mit der ganzen Sache und Kims Tod zu tun. Allerdings gibt mir die Sache mit der Geburt drei Tage nach der Zeugung zu denken. Irgendwoher muss Coira Posspechil ein neugeborenes Mädchen zaubern. Da käme Olinkas Töchterchen gerade recht.“

„Deine Theorie ist zwar löcherig wie ein Schweizer Käse, aber ganz von der Hand weisen lässt sie sich nicht. Was schlägst du vor? Wie weiter vorgehen?“
„Heute Abend findet das Reinigungsritual statt. Leider darf ich als Novizin nicht daran teilnehmen, sonst würde ich hinfahren, aber vielleicht kannst du herausfinden, was da abläuft.“
„Wäre vielleicht interessant. Und eines ist ganz gewiss klar. Wie sich bisher gezeigt hat, sind diese Töchter der Göttin wahnsinnig genug, um unangenehme Dinge zu tun. Nicht nur in den USA gibt es genug Beispiele für Sektenirrsinn. Warum soll so etwas nicht auch bei uns passieren?“
Ich telefonierte mit Ariano. Auch mein Freund fand Limos Theorie einigermaßen abstrus, aber auch er konnte ihren Gedanken eine gewisse Logik nicht absprechen, solange man an die Prämissen glaubte, und das taten die Töchter der Göttin mit Sicherheit.
„Aber du fährst keineswegs alleine. Nimm Isabelle mit. Ihr seid ja inzwischen ein gut eingespieltes Team“, meinte Ariano.
„Das kann man so sagen.“
Am Nachmittag klebte ich einen Peilsender unter das Auto von Mutter Posspechil. Den Rest des Tages erholte ich mich bei Cappuccino und der Zeitung im benachbarten Café. Ab 18 Uhr saßen Isabelle und ich in meinem Mietwagen in der Breiten Straße und warteten darauf, dass es losging. Etwa eine Stunde später verließen Feardorcha und seine Mutter ihre Wohnung, stiegen ins Auto und fädelten sich in den Verkehr ein.
Wir folgten ihnen in gebührendem Abstand. Der Peilsender, den ich unter ihrem Wagen befestigt hatte, sendete auf mein Smartphone, sodass ein leise piepsender roter Punkt uns den Weg wies. Isabelle hatte das Signal im Auge und dirigierte mich. Wir fuhren in meinem Mietwagen, weil

der Polizeipassat zu sehr nach dem aussah, was er auch war: Ein Bullenauto.
Der Weg führte uns über die A24 bis zur Ausfahrt Schwarzenbek, dann über die B 404 bis zur ehemaligen Försterei Oedendorf. Nach etwa siebenhundert Metern bogen die Posspechils links in einen Waldweg ein. Ich entschied mich dagegen, ihnen mit dem Auto zu folgen, und fuhr ein Stück weiter auf der Bundesstraße, um auf dem nächsten Weg versteckt zu parken. Der Peilsender zeigte an, dass unsere Zielpersonen angekommen waren, denn der Punkt auf dem Monitor bewegte sich nicht mehr. Der zunehmende Mond am wolkenlosen Abendhimmel sorgte für genügend silbriges Licht, sodass wir uns zurechtfinden konnten, ohne jedoch selbst allzu leicht gesehen zu werden.
„Am besten wird es sein, wenn du im Auto bleibst und mir den Rücken frei hältst“, sagte ich.
„Nein. Ich komme mit“, widersprach Isabelle und checkte ihre Waffe.
„Aber das kann gefährlich werden. Wer weiß, was die da draußen im Wald treiben?“
„Eben deshalb komme ich mit. Ich kann dir den Rücken besser frei halten, wenn ich hinter dir stehe, als wenn ich hier im Wagen herumsitze.“
„Aber ich will nicht, dass du dich in Gefahr begibst.“
„Muss ich dich daran erinnern, dass ich dein Kindermädchen bin und nicht umgekehrt.“
„Aber ...“
„Jetzt reicht es, Freddie. Ich bin Polizistin, und du bist nicht mein Chef.“
„Also gut.“ Auch ich steckte meine Waffe ein, dann gingen wir los.
Kaum hatten wir den Waldweg erreicht, zeigte es sich, dass es klug war, nicht hinter den Posspechils hergefahren zu sein. Zwei weitere Autos näherten sich und bogen auf

den Weg ein. Schnell duckten wir uns hinter eine dicke deutsche Eiche und warteten, bis die neuen Besucher weit genug entfernt waren, um uns nicht mehr entdecken zu können. Etwa dreihundert Meter weiter wurden die Motoren abgestellt, die roten Rücklichter verloschen, und es wurde wieder still.
Nur wenige Minuten später erreichten wir im Schutz der Bäume eine Lichtung, auf der sieben Autos parkten, überwiegend große Limousinen und SUVs der gehobenen Preiskategorie. Die Hexen schienen zu den Besserverdienern zu zählen.
Gebückt schlichen wir in Richtung des Stimmengemurmels, das jetzt vom hinteren Ende der Lichtung zu hören war. Zwar war das Risiko, entdeckt zu werden, jetzt größer, denn das Buschwerk war nicht belaubt. Aber an strategisch günstiger Stelle bot uns die mächtige, etwa drei Meter durchmessende Wurzel eines umgestürzten Baums Deckung. Ich bedauerte es, mein Nachtsichtgerät nicht mitgenommen zu haben, aber auch so konnte ich ganz gut erkennen, was da vor sich ging. Etwa zwanzig Leute in schwarzen Kapuzenkutten bildeten einen Kreis um einen großen Findling. Eine Person stützte sich auf einen langen verzierten Stab mit einem Widderkopf am oberen Ende. Auf der Oberfläche wies der Stein eine Vielzahl kleiner Mulden auf. Offensichtlich ein keltischer Schalenstein. In einer dieser Schalen glimmte ein kleines Feuer und verbreitete den Duft von Räucherstäbchen oder Kräutern. Nach einer Phase des Schweigens fassten sich die Leute an den Händen und begannen zu singen. Die Frau mit dem Stab war die Vorsängerin. Sie trug vor, und die Runde wiederholte im Chor. Ich erkannte Coira Posspechils krähenkrächzende Stimme. Anschließend rezitierte die Vorsängerin einen Text in einer vollkommen fremdartig klingenden Sprache, vermutlich Gälisch.

„Die Rückkehr des Lebens und das erste Sonnenfest nach den Rauhnächten, das der Göttin des jungen Lichts und Lebens, Ostara, geweiht ist. Der keltische Festname ist Alban Eilir. Nach der traditionellen Zählung ist es nicht der Beginn, sondern die Mitte des Frühlings. Wir feiern die Wiedergeburt der Natur aus dem Todesschlaf des Winters und die neue Kraft, die uns die Natur und die Götter jetzt schenken", deklamierte sie dann auf Deutsch.
„Wir sind hier zusammengekommen, um unseren Bruder Feardorcha zu reinigen", sagte sie dann. „Er hat den Körper der Göttin besudelt. Sein heiliger, fruchtbarer Samen gehört der Göttin. Er hat ihn verströmt und verschwendet. Er hat Frauen misshandelt und benutzt. Jede Frau ist unsere Schwester und eine Tochter der Göttin. Sie weint im Angesicht dessen, was er ihren Töchtern angetan hat, selbst wenn es sich um Ungläubige handelt. Wir müssen ihn heilen und von seiner Besessenheit befreien."
„Heil der Göttin", rief die Runde.
„Möge die Flamme von Avalon auf ewig brennen."
Mit dem Stab zeichnete die Vorbeterin ein Pentagramm in den weichen Waldboden und forderte die Person, die demnach wohl Feardorcha sein musste, auf, sich in die Mitte des Pentagramms zu stellen. Dann zogen zwei der Kapuzengestalten ihm die Kutte aus. Darunter war er nackt. Er zitterte vor Angst und vor Kälte.
„Oh Gott, was haben die jetzt mit ihm vor?", fragte Isabelle. „Wollen die ihn auspeitschen?"
„Noch vor der Frühlings-Tag-und-Nachtgleiche muss das Gleichgewicht wiederhergestellt sein, sonst droht uns allen Unheil", rief die Vorbeterin. „Bereitet das Opfer vor."
Isabelle und ich hielten den Atem an. Jetzt wurde es spannend. Fünf der Kuttenträger stellten sich auf die fünf Spitzen des Pentagramms und zückten Dolche. Feardorcha heulte ängstlich auf.

„Verdammt! Was soll das jetzt werden?“
„Wir müssen eingreifen, bevor jemand verletzt wird“, sagte Isabelle.
Aber so weit kam es nicht. Wir waren so sehr auf das Geschehen vor uns fixiert, dass wir total erschrocken zusammenfuhren, als plötzlich jemand hinter uns stand.
„Stopp! Halt! Wir haben ungebetene Gäste“, rief laut eine gellende Frauenstimme.
Isabelle hatte blitzschnell ihre Waffe in der Hand, schoss aber glücklicherweise nicht.
„Die sind bewaffnet!“, rief die Frau jetzt in Panik. Gellende Schreie durchschnitten die Nacht. Die Kuttenträger liefen auseinander, nur der nackte Feardorcha blieb in dem Pentagramm stehen.
„Beruhigen Sie sich“, rief ich, „wir sind von der Polizei!“
Einige Minuten später hatte sich die Lage einigermaßen beruhigt. Außer mir und Feardorcha waren nur Frauen anwesend.
„Was fällt Ihnen ein, unseren Reinigungszauber zu stören“, schimpfte Coira Posspechil.
„Was hatten Sie mit den Messern vor?“
„Nur einen symbolischen Schnitt. Schauen Sie sich die Klingen an.“
Tatsächlich waren die Dolche nicht besonders scharf und hatten etwas von Theaterrequisiten.
„Was für ein Opfer wollten Sie vorbereiten?“, fragte Isabelle.
„Ein Blutopfer natürlich“, sagte Coira Posspechil hämisch.
„Bodenlose Frechheit! Sehen Sie die Vertiefungen auf dem Stein. Das sind alte Opferschalen.“
„Wir platzen doch auch nicht in Ihren Gottesdienst!“, rief jetzt eine der anderen Frauen.
„Die Polizei kann sich wohl alles erlauben!“
„Das wird ein Nachspiel haben!“ Das waren noch die

harmloseren Tiraden, die wir über uns ergehen lassen mussten. Inzwischen hatte Feardorcha seine Kutte wieder übergezogen. Die ganze Sache schien ihm sehr peinlich zu sein.
„Wir ermitteln in einem Mordfall", sagte ich jetzt laut, „und ich würde gerne Ihre Personalien aufnehmen."
„Sie können mich mal", antwortete eine der Frauen, „dazu haben Sie kein Recht. Los. Verschwinden wir", rief sie in die Runde.
Die Kuttenträger mit Ausnahme der Posspechils hasteten zu ihren Autos und fuhren eilig davon.
„Wir werden uns über Sie beschweren", sagte Frau Posspechil, „darauf können Sie Gift nehmen."
„Tun Sie, was Sie nicht lassen können", antwortete ich.
„Warum lassen Sie uns nicht endlich in Ruhe?", fragte Posspechil.
„Diese Frage muss ich wohl nicht beantworten", sagte ich.
„Das ist die Strafe", sagte Coira, „die Strafe für dein beschämendes Verhalten."
„Ja, Mutter."
Auf dem Rückweg in die Stadt diskutierten wir über die Töchter der Göttin. Ich hielt die Leute für harmlose Spinner, auch oder gerade nach dem, was wir gesehen hatten. Isabelle war davon noch nicht überzeugt. „Meinst du nicht, die Frauen wollten Feardorcha mit ihren Dolchen verletzen?"
„Sicher ein bisschen anritzen, mehr bestimmt nicht. Die Dolche waren stumpf, und wenn er am Donnerstag noch zeugungsfähig sein soll, können sie ihm nicht wirklich übel mitspielen. Da würde auch seine Mutter nicht mitmachen."
„Trotzdem. Wir sollten auf jeden Fall eine DNA-Probe der Mutter nehmen, um sie mit dem Material aus Kim Wozniaks Wohnung zu vergleichen."

„Das kann sicher nicht schaden“, sagte ich. „Ich glaube, Feardorcha hat überhaupt keine Lust auf diesen ganzen Kram, schafft es aber nicht, sich eindeutig gegen seine Mutter zu stellen. Er ist eine wirklich traurige Gestalt.“
Mein Telefon klingelte. Ich drückte auf Lautsprecher und nahm das Gespräch an. Die Anruferin stellte sich nicht vor. „Wenn Sie wissen wollen, was mit Kim Wozniak geschehen ist und worum es bei Olinka wirklich geht“, sagte eine Frau mit verzerrter Stimme, „dann kommen Sie zum Hirschpark, zum Nebeneingang bei der Lola-Rogge-Schule. Kommen Sie allein. Ich erwarte Sie in genau einer Stunde, um Mitternacht.“ Sie legte auf.
„Was glaubst du, wer das war?“, fragte Isabelle.
„Ich weiß es nicht. Vielleicht eine der ‚Kundinnen‘ der Klinik.“
„ Oder eine der Töchter der Göttin“, mutmaßte Isabelle.
„Aber eine Kundin, die mal die Dienste der Klinik in Anspruch genommen hat, weiß doch nichts von Olinka“, dachte ich laut.
„Es sei denn, es ist die Frau, die auf Olinkas Baby wartet, um es zu übernehmen“, sagte ich.
„Das könnte durchaus sein. Vielleicht hat sie nach den Turbulenzen der letzten Tage kalte Füße gekriegt“, spekulierte Isabelle.
„Es kann aber tatsächlich auch sein, dass eine der Hexen aussteigen will, weil ihr die Sache zu kriminell geworden ist“, sagte ich. „Wie auch immer, es sieht so aus, als stünde die Lösung des Falls unmittelbar bevor.“
„Und wenn es eine Falle ist“, sagte Isabelle.
„Das kann natürlich sein. Aber wozu sollte eine Falle dienen? Es macht doch keinen Sinn mehr, mich aus dem Weg zu räumen, weil die Polizei genauso viel weiß wie ich.“
„Ich komme natürlich mit“, sagte Isabelle.
„Aber die Frau hat ‚alleine‘ gesagt“, wandte ich ein.

„Trotzdem. Du weißt, dass ich dich nicht alleine fahren lassen kann. Mein Chef reißt mir den Kopf ab, wenn was passiert.“ Damit war die Diskussion beendet. Wir fuhren mit meinem Mietwagen nach Blankenese. Als wir links in den Mühlenberg einbogen, bekam Isabelle Bedenken. „Es ist so verdammt finster hier“, sagte sie, „das ist kein guter Ort für ein sicheres Treffen. Wir sollten Verstärkung anfordern.“

„Die Frau hat ja auch etwas zu verbergen. Kein Wunder, dass sie eine dunkle Ecke ausgewählt hat. Wir haben keine Zeit, um auf Verstärkung zu warten. Aber ich glaube ohnehin nicht, dass Gefahr droht.“ Ich hielt vor dem von einer schwachen Funzel beleuchteten Eingang zu dem Fußweg, der in den Park führte, und stellte den Wagen ab.

„Wie weiter?“, fragte Isabelle, aber bevor ich antworten konnte, wurden gleichzeitig Fahrer- und Beifahrertür aufgerissen. Zwei schwarz gekleidete Gestalten hatten Pistolen auf uns gerichtet. Ich erkannte beide auf den ersten Blick: Es handelte sich um Angela Merkel und Wolfgang Schäuble.

„Hände hoch und aussteigen“, sagte Merkel, die auch in diesem Duo das Sagen zu haben schien, sich aber sehr schrill und nervös anhörte. Durch die Maske war die Stimme bis zur Unkenntlichkeit verzerrt, aber es schien sich auf jeden Fall um eine Frau zu handeln. Wir gehorchten. Ich war von dieser Attacke wirklich überrascht, hielt ich sie doch für vollkommen überflüssig. Die Klinik und die Hamburg-Dolls waren aus dem Spiel. Drehten die Töchter der Göttin jetzt vollends durch? „Hören Sie, ich weiß nicht, was Sie vorhaben, aber Sie werden damit nicht durchkommen. Was wollen Sie von uns?“, sagte ich.

„Schnauze halten“, kommandierte Merkel barsch und fuchtelte drohend mit der Waffe herum, während Schäuble Kabelbinder aus der Tasche zog. „Warum sind Sie nicht

allein gekommen?" Die Bundeskanzlerin hielt uns in Schach, während der Finanzminister unsere Hände auf dem Rücken fesselte. Es war fast wie im wirklich wahren Leben.
„Weil die Polizei mich keinen Schritt mehr alleine gehen lässt", antwortete ich.
„Ist jetzt sowieso egal", sagte Merkel.
Isabelle schwieg.
„Wo ist Olinka?"
„Was wollen Sie von Olinka?", antwortete ich mit einer Gegenfrage. Ich wunderte mich, dass es noch immer jemanden gab, der hinter ihr her war.
„Ich stelle hier die Fragen", sagte Merkel.
„Olinka hat ihr Kind geboren und ist an einem sicheren Ort", sagte ich.
Merkel schwieg überrascht. „Gut. Das macht es einfacher. Dann behalten Sie die Frau und geben uns das Baby. Wo ist es?"
„Das werde ich Ihnen bestimmt nicht sagen."
„Wie Sie wollen." Entschlossen hielt sie Isabelle die Pistole an den Kopf. „Ich zähle bis drei, und zwar nur einmal."
„Kinderklinik Bleickenallee", sagte ich zähneknirschend.
Merkel ließ von Isabelle ab. „Auf die Rücksitze, schnell", bellte sie und deutete mit der Pistole in der Hand auf den Rücksitz meines Mietwagens.
„Was versprechen Sie sich davon?" Ich versuchte wieder, ein Gespräch anzuknüpfen, in der Hoffnung, dadurch Zeit zu gewinnen oder die Leute an der Stimme zu erkennen, aber weder Merkel noch Schäuble gingen darauf ein. Anders als im Bundestag hatte Schäuble noch kein Wort gesprochen, sondern seiner Chefin das Reden überlassen. Als wir wieder im Wagen saßen, zückte er eine Spritze.
„Bleiben Sie ruhig, dann geschieht Ihnen nichts", sagte Merkel und hielt uns weiter aufmerksam in Schach.

Ich hatte begriffen, dass es im Augenblick besser war, sich nicht zu wehren. Der Staat hatte in diesem Moment die Trümpfe in der Hand. Sie waren maskiert und wollten nicht erkannt werden. Das bedeutete, dass sie nicht vorhatten, uns zu töten. Also galt es, eine Erfolg versprechendere Situation für einen Fluchtversuch abzuwarten. Schäuble stach mir grob durch die Hose in den Oberschenkel und pumpte mir irgendein Betäubungsmittel in den Körper. Isabelle widerfuhr die gleiche Behandlung.

„Sie waren in letzter Zeit ziemlich im Stress", sagte Merkel, „etwas Ruhe wird Ihnen guttun."

Ich hätte mir nicht träumen lassen, dass das Führungsduo der Bundesrepublik Deutschland sich mal zum Entführungsduo verwandeln würde. Dann sackte ich weg.

11

Als ich wieder aufwachte, war es stockfinster. Ich wusste weder, wie lange ich narkotisiert war, noch, wo ich mich befand, und ich brauchte ein paar Minuten, um mich daran zu erinnern, wie ich in diese Lage gekommen war. Dann fielen mir Merkel, Schäuble und Isabelle wieder ein. Meine Arme waren noch immer auf meinem Rücken gefesselt. Ich versuchte mich zu bewegen, aber Fehlanzeige.

„Isabelle“, rief ich in die Dunkelheit.

Als Antwort kam ein leises Ächzen aus unmittelbarer Nähe, und ich spürte eine Bewegung an meinem Körper.

„Isabelle?“

„Mmhh! Du bist so kuschelig und mummelig.“ Isabelle brauchte offenbar noch etwas Zeit, um ihre gewohnte geistige Klarheit zurückzugewinnen.

Allmählich begriff ich, dass wir ein sehr intimes Paket bildeten, eine Art Zwillingsmumie, zusammengewickelt in zähes, braunes Paketband. Die Bundeskanzlerin und der Finanzminister hatten uns Vorderseite gegen Vorderseite fest aneinander geschnürt. Meine Nase steckte in Isabelles Haar und die ihre unter meinem Kinn. Ihr Körper war warm und weich, und ihr Haar duftete. So hatten wir offenbar unsere zweite gemeinsame Nacht erlebt. Fast wäre ich wieder eingeschlafen, aber zum Glück erwachte mein Realitätssinn schnell und heftig zum Leben. Unter anderen Umständen und bei der gebotenen Freiwilligkeit wäre das gewiss eine durchaus erfreuliche Stellung, aber in der derzeitigen Lage hätte ich mir verständlicherweise mehr Bewegungsfreiheit gewünscht.

Wo mochten wir sein? Ich hielt die Luft an und lauschte, um irgendwelche Geräusche aufzuschnappen und zu identifizieren, aber Fehlanzeige. Es war so still wie in der

Zentralen Sahara um Mitternacht. Ich fragte mich, ob es sinnvoll wäre, um Hilfe zu rufen, oder ob wir uns besser still verhielten und den inneren Houdini aktivierten, um uns selbst zu befreien. Vielleicht wäre es ein Vorteil, wenn unsere Kidnapper noch nicht wussten, dass wir aufgewacht waren. Als ich jetzt begann, mich zu bewegen, meine Muskeln anzuspannen und so gut es ging hin und her zu ruckeln, wachte auch Isabelle vollends auf.
Sie stöhnte leise. „Was ist passiert? Ich kann mich kaum bewegen."
„Wir sind aneinandergefesselt wie siamesische Zwillinge."
„Was machst du da?", fragte sie irritiert, als ich mit meinem Unterleib immer wieder gegen den ihren stieß.
„Ich versuche, die Fesseln zu lockern", sagte ich. „Vielleicht machst du mit?"
„Okay."
Unsere folgenden Bewegungen hatten eindeutig etwas Zweideutiges.
„Puh, ist das heiß hier drin", sagte sie.
Nach kurzer Zeit waren wir beide schweißnass. Das braune Paketband ließ die Feuchtigkeit nicht abziehen, sodass wir vor uns hin dampften, aber unsere Bemühungen hatten etwas gebracht. Wir hatten es auch begünstigt durch unsere weite Kleidung geschafft, das Klebeband ansatzweise zu lockern, sodass wir gefühlte fünf Zentimeter Spielraum gegeneinander hatten. Jetzt hatte ich tatsächlich einen Plan. Wir würden es nicht schaffen, unseren „Kokon" zu zerreißen, aber würden vielleicht herauskommen, wenn ich zum Kopfende herausschlüpfte. Isabelle müsste mich dabei irgendwie unterstützen. Es wäre ein mühsames Millimeter-für-Millimeter-Unterfangen, aber es konnte funktionieren. Ich erklärte ihr, was ich vorhatte, und dann fingen wir wieder an zu ruckeln.
Ich hatte kein Zeitgefühl, aber nach einer ganzen Weile

unerhörter Anstrengung hatte ich tatsächlich ein kleines Stück des Wegs in die richtige Richtung zurückgelegt. Immer wieder mussten wir eine Pause einlegen.

„Ich habe ein Problem", sagte Isabelle irgendwann.

„Was ist los?"

„Es ist so furchtbar peinlich!" Sie zögerte einen Moment.

„Nun sag schon."

„Ich muss mal."

„Oooh!"

„Es ist schon die ganze Zeit. Ich halte nicht mehr lange durch. Das Geruckel macht es nur noch schlimmer."

„Verdammt! Das ist dann eben so. So ist die Natur."

„Trotzdem. Ich könnte dir nie wieder in die Augen sehen. Vielleicht schaffen wir es rechtzeitig heraus."

„Wie auch immer. So schlimm wäre es auch nicht." Ich ruckelte weiter. Inzwischen war mein Bauch auf der Höhe ihres Gesichts, und es ging immer besser. Plötzlich fing sie an zu schluchzen. Ich fragte nicht weiter nach, ahnte ich doch, was passierte. Ich war zum Glück schon so weit hochgerutscht, dass sich die betreffenden Körperteile auf Höhe meiner Knie befanden und ich keinen direkten Kontakt mehr hatte. Allerdings stand jetzt mir eine Peinlichkeit bevor. Ich musste mit meinen privaten Teilen eng an ihrem Gesicht vorbeirutschen. Es ist schon merkwürdig, woran ein Mann selbst in einer so absurden und bedrohlichen Situation wie der meinen denkt. Ich versuchte, eben nicht daran zu denken, aber nicht an etwas denken wollen, führt eben unweigerlich zum Gegenteil. Irgendwie schaffte ich es, halbwegs würdevoll mit meinem Unterleib an ihrem Kopf vorbeizuschubbern. Der Rest ging dann relativ leicht. Durchgeschwitzt und schwer atmend befreite ich mich von dem Kokon aus Paketband. Dann half ich Isabelle heraus. Auch das war leichter gesagt als getan, denn unsere Hände waren noch immer auf dem Rücken gefesselt. Jetzt saßen wir im Dunkeln gegen eine Wand gelehnt. Der Raum hatte offensichtlich keine Fenster, denn es war absolut schwarz vor unseren Augen. Auf der Suche nach brauchbaren Utensilien tasteten wir uns gegenseitig ab, aber die Kidnapper hatten sowohl unsere Handys als auch unsere Waffen mitgenommen. Noch immer hatten wir keine Ahnung, wo wir uns befanden. Und in jedem Moment konnten unsere Gefängniswärter zurückkommen und bemerken, dass wir dabei waren, uns zu befreien. Die nächste Aufgabe bestand darin, die Kabelbinder loszuwerden, um die Hände wieder einsetzen zu können. Ein Königreich für eine Zange oder eine Schere. Wir setzten uns Rücken an Rücken. Isabelle, die längere Fingernägel hatte als ich, versuchte, meine Fessel aufzufummeln, aber es funktionierte nicht. Erst, als sie die Idee hatte, meinen Gürtel aus der Hose zu ziehen und es mit dem Dorn der Schnalle probierte, zeigte sich ein erster Erfolg. Es dauerte ewig, aber irgendwann hatte sie es geschafft. Ich konnte meine Handgelenke aus der Schlaufe ziehen. Bevor ich mich um ihre Hände kümmerte, versuchte ich, mich im Raum zu orientieren. Ich richtete mich auf und tastete mich vorsichtig die Wand entlang bis zu einer verschlossenen Tür. Daneben fand ich dann einen Lichtschalter. Als an der niedrigen Decke zwei grüngelbe Neonröhren grell aufflackerten, waren wir erschrocken und im ersten Moment geblendet. Ich schloss die Augen und blinzelte, um mich an die Helligkeit zu gewöhnen. Wir befanden uns in einem heruntergekommenen, bunkerähnlichen Kellerraum. Die Feuerschutztür bestand aus Blech, aber das Schloss schien relativ anspruchslos zu sein.

Isabelle sah schrecklich aus, und mit mir war es wahrscheinlich auch nicht besser. Leider fand ich nichts Geeignetes, um den Kabelbinder an ihren Handgelenken zu durchtrennen, und so verloren wir weitere Zeit, bis ich ihn

abgefummelt hatte. Immerhin hatte ich dabei Licht und zwei freie Hände.
Was hatten diese Leute vor? Sie wollten das Baby, so viel hatte ich noch mitbekommen, bevor die Narkose eingesetzt hatte. Warum? Ich konnte mir nicht vorstellen, dass es einfach darum ging, dass ein kinderloses Paar sich Nachwuchs wünschte. Warum gerade dieses Kind? Hatte Limo recht? Waren es die Irren von den Töchtern der Göttin? Steckte Coira Posspechil dahinter? Bei unserer Entführung hatte nur Frau Merkel geredet. An eine Männerstimme konnte ich mich nicht erinnern. Wie verzweifelt waren diese Leute, dass sie ein solches Risiko eingingen?
Ich untersuchte das Schloss. Es war ein altertümliches Bartschloss, wie es schon seit Jahrzehnten nicht mehr eingesetzt wurde. Hätte ich bloß meinen Dietrich mitgenommen. Aber den hätten Merkel und Schäuble bestimmt auch einkassiert. Noch einmal suchte ich den Raum nach einem brauchbaren Werkzeug ab, aber außer ein paar Steinen und anderem Bauschutt war nichts zu finden. Das war's dann wohl. Ich hob einen der Steine auf und schlug mit aller Kraft gegen die Tür. Es wummerte und hallte so laut, dass uns die Ohren klingelten. Wir lauschten auf eine Reaktion unserer Kidnapper, aber nichts geschah. Also waren wir alleine. Jetzt droschen wir beide auf die Tür ein, die sich langsam auszubeulen begann. Das Schloss hielt, aber das obere Scharnier verbog sich in einer vielversprechenden Weise und das rostige Türblech riss ein. Wir konzentrierten unsere Bemühungen jetzt auf dieses Scharnier und schafften es nach einiger Zeit, die Tür halb aus den Angeln zu prügeln, sodass wir hinausschlüpfen konnten. Hinter der Tür gab es eine Treppe, die aufwärts führte.
Die Tür am oberen Ende der Treppe war glücklicherweise nicht verschlossen. Wir befanden uns im Erdgeschoss eines verlassenen, alten Gebäudes. Die Fenster waren ein-

geschlagen und die Wände mit Graffiti besprüht. Es war heller Tag. Ich war so glücklich, die Sonne wiederzusehen, dass ich Isabelle in die Arme nahm und küsste. Sie erwiderte meinen Kuss.
Aber wo waren wir? Wir verließen das Gebäude, um Hilfe zu suchen. Anscheinend befand sich unser Gefängnis auf einer verlassenen Industriebrache. Die kleine Straße, der wir jetzt folgten, und die uns von dem Gelände führte, war voller Schlaglöcher. Jetzt erkannte ich den gewaltigen Block des Kraftwerks Tiefstack. Wir waren also in der Gegend von Moorfleet. Weit und breit war kein Mensch zu sehen. Erschöpft schleppten wir uns weiter, bis wir die Andreas-Meyer-Straße erreichten. An einer Bushaltestelle warteten drei Schwarze. Es war kein Wunder, dass sie uns misstrauisch beäugten, als wir uns näherten. Wir waren verdreckt, unsere Kleidung war teilweise zerrissen, und wir stanken nach Schweiß und Urin. Trotzdem ließ einer von ihnen mich mit seinem Handy telefonieren.
Meinem Freund fiel ein Stein vom Herzen, als er hörte, dass es uns verhältnismäßig gut ging. „Mein Gott! Wo seid ihr? Wir haben uns furchtbare Sorgen um euch gemacht. Die gesamte Hamburger Polizei ist in Alarmbereitschaft und sucht euch, seitdem wir euer Verschwinden bemerkt haben."
Wir besprachen uns kurz, ich nannte Ariano die Bushaltestelle, an der wir standen, und gab das Telefon zurück. Fünf Minuten später rauschte ein Polizeiwagen mit Blaulicht und Sirene heran, um uns abzuholen. Ariano hatte einen Rettungswagen schicken wollen, um uns geradewegs ins Krankenhaus zu befördern, aber das hatten wir unisono abgelehnt. Vielmehr wollten wir zur Kinderklinik Bleickenallee gebracht werden, wo Olinka mit ihrer neugeborenen Tochter lag. Ariano kam etwa gleichzeitig mit uns dort an. Wir trafen uns am Empfang.

Ich schilderte in groben Zügen die Ereignisse seit unserer Entführung in der letzten Nacht.

„Merkel und Schäuble.“ Ariano schüttelte den Kopf. „Was für eine verrückte Geschichte.“

„Was habt ihr inzwischen unternommen? Wie habt ihr gemerkt, dass etwas nicht stimmt?“, fragte ich.

„Limo natürlich, wer sonst? Nachdem ihr von eurem Ausflug zu den Töchtern der Göttin nicht zurückgekehrt seid und auf Anrufe nicht reagiert habt, hatte sie ein ganz schlechtes Gefühl. Sie hat mich aus dem Bett geholt, und als wir eure Handys nicht orten konnten, war klar, dass irgendetwas passiert war. Über die Verbindungsdaten der Telefone haben wir euren Weg bis nach Blankenese verfolgen können. Deinen Mietwagen haben wir über den eingebauten Tracker auf einem Parkplatz am Hauptbahnhof ausfindig gemacht. Nur von euch keine Spur. Wir waren in totaler Alarmbereitschaft. Jeder Streifenwagen hat eure Fotos auf dem Armaturenbrett herumgefahren.“

„Sie wollen das Baby. Wir müssen Olinka abschotten. Niemand darf unbemerkt zu ihr.“

„Hast du einen Verdacht, wer sich hinter Merkel und Schäuble verbirgt, hast du jemanden erkennen können?“

„Die Töchter der Göttin brauchen ein neugeborenes Mädchen, wenn sie ihren Wahnsinn mit der von Posspechil gezeugten Erlöserin durchziehen wollen“, sagte ich.

„Das klingt ein wenig nach ‚Rosemarys Baby‘ in einer Schmalspurversion“, sagte Ariano zweifelnd.

„Von mir aus. Aber ich bin sicher, dass sie nichts unversucht lassen werden, um an das Kind heranzukommen. Sie werden hier in der Klinik Bleickenallee auftauchen, um das Mädchen zu holen, so wie Rumpelstilzchen sich das Kind der Königin holen wollte — und dabei werden wir sie kriegen“, sagte ich entschlossen.

„Okay“, antwortete Ariano.

Wir gingen hinauf in den ersten Stock, wo Olinkas Zimmer lag. Die bärbeißige Oberschwester wollte Isabelle und mich als stinkende Bakterienmutterschiffe nicht ohne Kittel, Haube und Mundschutz hereinlassen, weil sie befürchtete, wir könnten die ganze Station mit allen möglichen Krankheiten infizieren. Olinka war alleine im Zimmer.
„Wo ist dein Töchterchen?“, fragte ich sie.
„Ärztin geholt, Untersuchung.“ Sie schaute von einem zum anderen. Wir sahen wohl ziemlich beunruhigt aus. „Nicht gut?“
Ich verließ das Zimmer, um die Oberschwester zu fragen, wohin das Baby gebracht worden war, aber sie wusste nichts von einer Untersuchung. Keine der Klinikärztinnen hatte das Mädchen abgeholt. Das Kind war verschwunden. Wir waren zu spät. Es war wie verhext. Nach dem Stress der letzten Tage war ich tatsächlich den Tränen nahe.
Ariano schaltete sofort. „Es gibt Überwachungskameras im Eingangsbereich.“
Wir rannten wieder hinunter zum Empfang. Der Sicherheitsdienst bestand aus einem rüstigen Rentner, der im Hinterzimmer der Rezeption saß. Glücklicherweise konnte er mit der Technik umgehen, sodass wir nur wenig später die Aufzeichnung der letzten Stunde anschauen konnten. Tatsächlich waren wir nur wenige Minuten zu spät gekommen.
Die Bildqualität war schlecht. Ich erwartete Coira Posspechil, aber die Person auf dem Monitor, die mit dem Baby im Arm die Klinik verließ, war eine andere. Ich erkannte sie sofort, obwohl ich sie nur einmal gesehen hatte: Frau Dr. Clemens! Wieso das? Ich verstand es nicht. Darauf wäre ich nicht gekommen. Das Ehepaar Clemens hatte doch ein Kind, gerade erst im Krabbelalter. Frau Clemens war Merkel, und sie hatte vermutlich Kim erschlagen. Der Philosophenweg war nur wenige Hundert Meter von der

Bleickenallee entfernt. Wir rasten mit Blaulicht und Sirene über den Hohenzollernring und erwischten sie beim Beladen ihres Wagens. Herr Clemens trug zwei schwere Koffer, während seine Frau dabei war, die zwei Kinder auf dem Rücksitz in Babyschalen unterzubringen. Die Frau brach zusammen, als sie uns kommen sah.
Dr. Clemens hob seine Hände in die Höhe, um zu zeigen, dass er unbewaffnet war. „Sie haben sich schnell befreien können. Vielleicht ist das gut so. Wir hatten geglaubt, etwas mehr Zeit zu haben. Von unterwegs hätten wir die Polizei angerufen und zu Ihnen geschickt. Wir wollten Ihnen nichts Böses."
„Aber warum das alles? Ich verstehe das nicht. Warum musste Kim sterben? Warum wollten Sie das Baby? Sie haben doch schon ein Kind."
„Justus ist von Geburt an unheilbar herzkrank, und auch seine Nieren sind angegriffen. Er hat nicht mehr lange zu leben. Die Ärzte sagen, es sei nicht heilbar, auch neue Organe würden über kurz oder lang versagen, aber Mireille wollte es versuchen. Sie konnte unseren Jungen nicht sterben lassen. Wir brauchten Organe. In der Schweiz haben wir trotz der schlechten Prognose einen Arzt für die nötige Transplantation gefunden."
Uns allen stockte der Atem. Was für eine Tragik! „Sie wollten Olinkas Baby für Ihr eigenes Kind opfern."
„Ich bin der Vater von Olinkas Tochter. Wir haben die Sache lange geplant. Bei Organen naher Verwandter vermindert sich das Risiko, abgestoßen zu werden.
„Und Kim Wozniak."
„Durch einen dummen Zufall hat die Hebamme ein Gespräch zwischen mir und meiner Frau mitgehört. Sie hat keine Skrupel gehabt, jahrelang Kinder von Leihmüttern auf die Welt zu bringen, und hat gut daran verdient, aber ein Baby zur Welt zu bringen, um es anschließend zu töten

und die Organe zu entnehmen, das wollte sie nicht. Die blöde Kuh hat ausgerechnet in diesem Moment ihr Gewissen entdeckt. Das sei eine rote Linie, hat sie gesagt, die sie nicht überschreiten wolle."
„Sie hatten gar keinen Sex mit ihr, nicht wahr? Wir haben bei der Untersuchung der Leiche keine Hinweise auf Geschlechtsverkehr gefunden."
Clemens nickte. „Das war nur eine Schutzbehauptung, um meine DNA in der Wohnung zu erklären. Ich war in der Nacht zusammen mit meiner Frau bei ihr. Wir hatten schon tagelang versucht, sie davon zu überzeugen, den Mund zu halten, aber sie stellte sich stur. Es sollte ein letzter Versuch sein, sie umzustimmen, aber sie blieb hart. Dann brannten bei meiner Frau die Sicherungen durch. Sie nahm die Bratpfanne und schlug zu. Ich wollte das nicht, konnte es aber auch nicht verhindern. Seither gingen die Dinge schief."
„Warum haben Sie die Wohnung durchsucht?"
„Auch das sollte Sie auf eine falsche Fährte locken."
„Was ist mit den illegalen Leihmüttern? Sie haben gesagt, Kim hätte dabei jahrelang ohne Skrupel mitgemacht."
Jetzt merkte Clemens, dass er im ersten Schock zu viel gesagt hatte, und schaltete einen Gang zurück. „Da habe ich mich wohl versprochen. Das habe ich nicht so gemeint. Ohne einen Anwalt werde ich nichts mehr sagen."
Clemens Clemens und seine Frau wurden getrennt zum Präsidium gefahren, um Absprachen zu verhindern, während die zwei Kinder, Justus und das namenlose Mädchen, in die Kinderklinik Bleickenallee gebracht wurden. Ariano, Isabelle und ich fuhren in die Quaestoria. Unter dem Eindruck des ungeheuerlichen Geständnisses hatten wir unseren desolaten Zustand vollkommen vergessen. Erst Limo stieß uns wieder darauf. Sie hatte Tränen in den Augen und umarmte uns. „Leck mich fett, Freddie,

was machst du für eine Scheiße. Du stinkst, als hätte man dich gerade aus der Kanalisation gezogen", sagte sie dann, „aber ich bin einfach nur froh, dass du wieder da bist ... und du natürlich auch, Isabelle."
Weder Isabelle noch ich wollten in diesem Moment alleine sein. Was die Clemens da vorhatten, ein gesundes Kind auszuschlachten, das nur zu diesem Zweck gezeugt und geboren worden war, ging uns so sehr an die Substanz, dass wir darüber reden mussten, um es irgendwie zu verarbeiten. Es war unerträglich. Und so saßen wir stundenlang in der Quaestoria.
War Mireille Clemens böse? Konnte man sie verstehen? Es ging in die Grenzbereiche menschlicher Ethik. Natürlich liebte sie ihren kranken Sohn, und natürlich tat sie alles, um ihn zu retten, aber dabei überschritt sie in ihrer Verzweiflung selbst die letzte Grenze des moralisch Vertretbaren.
In den nächsten Tagen gab es einen Aufschrei in der Presse. Mireille Clemens hatte gestanden, und so ungeheuerlich ihr Vorhaben auch war, sie würde wohl ziemlich glimpflich davonkommen. Die Anklage würde auf Kindesentführung, Freiheitsberaubung und Totschlag lauten. Wegen des erheblichen emotionalen Stresses würde wohl verminderte Schuldfähigkeit angeführt werden. In ein paar Jahren wäre sie wieder draußen. Herr Clemens würde mit noch weniger rechnen müssen. Alle Vorwürfe wegen der Unterstützung illegaler Leihmutterschaft und Kinderhandels wies er zurück. Weder ihm noch Antje Wildmüller oder Humpe war etwas nachzuweisen. Ich ärgerte mich maßlos, konnte aber nichts daran ändern.

12

Feardorcha Posspechil schaffte es tatsächlich, sich von seiner Mutter und ihrer Sekte „Töchter der Göttin" zu lösen und seinem Schicksal als Vater der Erlöserin zu entkommen. Ob er sich verbessert hat, ist allerdings fraglich, denn um für seine „Sünden" zu büßen, verschrieb er sich als Sklave einer Domina aus St. Pauli und lief seither als Gespött der Leute in Frauenkleidern herum. Die ehrgeizige Coira Posspechil, seine Mutter, verlor ihren Status als Großmeisterin und wurde zur „entrechteten Dienerin" der Hexengemeinschaft degradiert. Erst viel später kam es mit einem neuen Deckhengst zum Zeugungsakt der Erlöserin, aber da es mit der Geburt nach drei Tagen nichts wurde und neun Monate später ein Junge zur Welt kam, löste die Sekte sich auf. Geschadet hatten ihre Anhängerinnen niemandem, außer sich selbst.

Die Klinik strich den Namen „Clemens" aus dem Titel und wurde von Antje Wildmüller allein weiter betrieben. Allerdings blieben die zehn Prozent in Clemens' Besitz und garantierten ihm ein ordentliches Auskommen für die Zeit nach dem Absitzen seiner Haftstrafe. Vermutlich handelte es sich um Schweigegeld, weil er dichthielt und nie über das Thema Leihmütter sprach. Seine Frau saß deutlich länger im Gefängnis, kämpfte mit einer schweren Depression und entwickelte in dieser Zeit lesbische Neigungen. Sie ließ sich scheiden und heiratete ihre Freundin, die Psychotherapeutin, die sie behandelte. Der kleine Justus, der nie eine echte Chance gehabt hatte, starb im August desselben Jahres.

Frau Brockmann saß noch viele Jahre hinter ihrem Empfangstresen und wurde eines Tages tot, aber aufrecht sitzend auf ihrem Stuhl gefunden. Böse Zungen behaupte-

ten, sie sei vertrocknet. Humpe, der ehemalige Kiezkönig, arbeitete weiter an seinem sozialen Aufstieg und übernahm den Vorsitz bei einem Kinderhilfswerk, das sich um die Adoption von afrikanischen Waisen kümmerte. Ein Schelm, wer Böses dabei denkt.
Antje Wildmüller entband ohne Unterlass, wurde immer reicher und starb alt, einsam und verbittert in einer prachtvollen Blankeneser Villa. Ihre Mutter Frida führte die Geschäfte der Hamburg-Dolls, bis sie auf dem Isemarkt von einem rangierenden Marktbeschicker angefahren wurde. Danach zog sie zu ihrer Tochter, wo sie sich bis zu ihrem Tod furchtbar langweilte.
Nach der anfänglichen Ablehnung behielt Olinka ihr Töchterchen bei sich und gab ihr doch einen Namen. Das Mädchen wuchs zu einer bildhübschen, jungen Frau heran. Nach der Entbindung fing Olinka wieder an, als Escort-Girl zu arbeiten, und heiratete zwei Jahre später einen ihrer Freier, ausgerechnet einen Gynäkologen.
Agnes Dombrowski, Kims Nachbarin, sah ich irgendwann als Fotomodell auf der Titelseite eines Apothekenmagazins wieder. Die beste Methode, das Altern aufzuhalten, ist aber wohl nicht Medizin, sondern Likör.
Dagmar Gretzki entkam den Tiefen ihrer Depression, strampelte sich frei und lernte im Laufe der Zeit einen Mann kennen, der zu ihr passte und ihr treu war.
Das Ehepaar Steininger zog sein gekauftes Kind so lange liebevoll auf, bis Herr Steininger seine Frau für eine Jüngere verließ.
Ein paar Tage nach Abschluss des Falls Kim Wozniak besuchte ich noch einmal ihre Eltern. Ich erklärte ihnen, was geschehen war, und versicherte ihnen, dass ihre Tochter am Ende doch ein „liebes Mädchen“ gewesen ist. Sie hatte die rote Linie, die sie zu einem wirklich bösen Menschen gemacht hätte, nicht überschritten. Bei allem, was man ihr